Jessica Kremser · Frau Maier sieht Gespenster

Jessica Kremser wurde in Traunstein geboren und wuchs am Chiemsee auf. Zum Studium der englischen und italienischen Literatur und der Theaterwissenschaften zog es sie nach München, wo sie heute als Redakteurin für verschiedene Zeitschriften schreibt.

Von Jessica Kremser bereits erschienen:
Frau Maier fischt im Trüben (2012)
Frau Maier hört das Gras wachsen (2013)

Jessica Kremser

Frau Maier sieht Gespenster

PENDRAGON

Für Vroni
(im Inseljargon: Alter Ego)
und zur Erinnerung an eigentlich sowieso schon unvergessliche Inselzeiten.

Mit besonderem Dank an Mama, Hanne und Herbie, die mir mit Babysitter- und Cateringdiensten das Schreiben dieses Buches ermöglicht haben.

Und mit bestem Dank an die Anwältin, den Kastellan und den Arzt meines Vertrauens für Auskünfte über Scheidungen, Königsmäntel und Gehirnerschütterungen.

Erstes Kapitel
Mittwoch

I

Der erste Donnerschlag kam mit solcher Wucht, dass Frau Maier zusammenzuckte, obwohl sie ihn erwartet hatte. Nach so vielen Jahren am großen See kannte sie alle Wetterkapriolen eines heißen Sommers.

Sie blieb stehen und schaute in den Himmel. Die dunklen Wolken zogen wie von Peitschenhieben getrieben im Eiltempo vor die gleißende Sonne, die von einem schwarzen Rand umgeben war. Das Wasser hatte sich in Sekundenschnelle von einem leuchtenden Blau in ein bedrohliches Grau verwandelt, und die ersten Wellen rollten auf das Ufer zu. Ein dicker Regentropfen traf Frau Maier direkt auf die Stirn.

„Na bravo", brummte sie und ging schnell weiter. Doch auch so war ihr Tempo vergleichsweise gemächlich – eine alte Frau ist schließlich kein D-Zug, dachte sie und schnaubte im gleichen Moment verächtlich. Woher kam eigentlich dieser blöde Spruch? *Alte Frau. Alt.* „Alt ist ein dehnbarer Begriff", brummte sie und versuchte, die jetzt dicht herunterprasselnden Regentropfen zu ignorieren.

Der Tag war heiß und schwül gewesen, aber durch das Unwetter hatte sich die Luft abgekühlt. Frau Maier spürte, wie sich eine Gänsehaut auf ihren Armen ausbreitete. Ein greller Blitz erhellte den dunklen Himmel direkt hinter dem Kauzinger Kirchturm. Der nächste Donner rollte dunkel grollend aus der Ferne heran und entlud sich genau in dem Moment, in dem Frau Maier die schwere Kirchentür erreicht hatte.

II

In der Kirche war es kühl und still. Der Regen prasselte zwar auf das Dach, aber er wurde zu einem gleichmäßigen, gedämpften Rauschen, das die anderen Geräusche der Außenwelt abschirmte, und die Kirche zu einem ruhigen Hafen in stürmischer See machte.

Frau Maier bekreuzigte sich. Nur aus alter Gewohnheit oder aus Überzeugung? Sie wusste es schon seit Jahren nicht mehr genau. Aber das Bedürfnis, in einer Kirche zu sein, war stark gewesen. Langsam ging sie durch den Mittelgang auf den Altar zu. Täuschte sie sich, oder sah die Marienstatue dort vorne heute irgendwie ernster aus als sonst?

„So ein Schmarrn", flüsterte Frau Maier, kniete sich trotz der Schmerzen in ihrem Bein kurz hin und setzte sich in die vorderste Bank. Sie schloss die Augen und atmete tief durch.

„Alles ist in bester Ordnung", murmelte sie. „Alles ist in bester Ordnung."

Sie öffnete die Augen wieder und bildete sich ein, dass sie ruhiger atmete als vorher.

„Es ist ja nur wegen der Katze", raunte sie der ernsten Madonna zu. In diesem Augenblick zuckte hinter dem Kirchenfenster ein Blitz über den Himmel, gefolgt von einem gewaltigen Donnerschlag.

„Ist ja gut", seufzte Frau Maier. „*Du sollst nicht lügen*, ich weiß."

Und vor allem sollst du keiner Marienstatue direkt ins Gesicht lügen, fügte sie in Gedanken hinzu.

Na gut. Sie musste den Tatsachen also ins Auge sehen. Seit sie das Angebot angenommen hatte, war sie wieder da. Die Unruhe. Die Unruhe, die Frau Maier, die eigentlich die Ruhe in Person war, ganz deutlich zu verstehen gab, dass etwas nicht stimmte.

III

Das Angebot, auf der Insel zu arbeiten, war eigentlich gut. Sehr gut sogar. Jetzt im Hochsommer strömten die Touristen ins große Schloss, und Aushilfen wurden gebraucht, um alles in Schuss zu halten. Eine ehemalige Kollegin aus dem Kurhotel hatte Frau Maier den Job vermittelt.

Natürlich hatte ihre größte Sorge sofort der Katze gegolten. Denn auf der Insel standen für Arbeitskräfte Übernachtungsmöglichkeiten zur Verfügung, und es wäre wesentlich einfacher, dort zu schlafen, um den Dienst in aller Frühe antreten zu können. Aber Frau Maier wollte nicht auf der Insel übernachten. Sie wollte die Katze nicht alleine lassen. Elfriede, ihre Bekannte aus der Sparkasse in Kauzing, hatte zwar sofort angeboten, sich zu kümmern, aber Frau Maier war nicht wohl bei dem Gedanken. Die Katze hatte schließlich noch nie ohne sie auskommen müssen. Also hatte sie mit ihrem neuen Arbeitgeber beim Vorstellungsgespräch vereinbart, dass sie mit dem Schiff zwischen Kauzing und der Insel hin- und herfahren würde, und nur in Ausnahmefällen – wenn sie für eine Veranstaltung abends oder für eine Frühschicht gebraucht wurde – auf der Insel übernachten würde. Insofern war alles gut.

Eigentlich.

„Es ist normal, vor dem ersten Arbeitstag nervös zu sein", beruhigte sich Frau Maier zum vielleicht hundertsten Mal. „Vor allem, wenn man so eine komische, alte Schachtel ist wie ich, die Angst vor Menschen hat", fügte sie hinzu.

Die Mutter Gottes verzog keine Miene.

„Du hättest jetzt ruhig widersprechen können", merkte Frau Maier an. Sie starrte auf die flackernden Opferkerzen vor der Madonna. Einatmen, ausatmen.

Doch so sehr sie auch versuchte, sich selbst davon zu überzeugen, dass alles normal war: Sie wusste ganz genau, dass das nicht stimmte. Sie wusste ganz genau, dass die Unruhe eine andere Sprache sprach.

Der Regen prasselte immer noch gleichmäßig auf das Kirchendach. Das Gewitter war vorbeigezogen, der Donner grollte nur noch leise in der Ferne. Allmählich entspannte sich Frau Maier doch ein kleines bisschen. Nur, dass die Madonna immer noch so ernst dreinschaute, irritierte sie ein wenig. Na gut, was soll's, dachte sie. Sie wird schon wissen, warum.

Doch dann, gerade, als sie sich etwas mühsam aus der Kirchenbank aufgerappelt hatte, hörte sie es.

„Frau Maier!“ Ein Flüstern, hinter ihr. „Frau Maier!“ Eindringlich. Aber auch ein kleines bisschen spöttisch. Ihr Herzschlag beschleunigte sich.

Sie fuhr herum. Niemand war zu sehen. Der Kirchenraum war düster, wegen des schlechten Wetters. Aber einen Menschen hätte sie doch bestimmt auch im Halbdunkel erkannt?

Oder?

Konnte sich oben im Chorraum jemand versteckt haben?

Frau Maier spürte Panik in sich aufsteigen, als sie an den Maskenmann damals im Kilianskircherl dachte. Er hatte sie verfolgt, beobachtet und belauert, weil sie ihm zufällig in die Quere gekommen war, als er eine Leiche verschwinden lassen wollte. Und im kleinen Kircherl, ganz abgelegen und einsam, da hatte er dann schließlich versucht, sie … *Zusammenreißen.* Sie biss die Zähne zusammen und ging langsam den Mittelgang entlang. Dabei spitzte sie ihre Ohren so sehr sie nur konnte.

Doch da war kein Flüstern mehr. Und als sie den Ausgang erreicht hatte, war sie sicher, dass da auch nie eines gewesen war. Wer bitteschön sollte sich auch in der Kirche verstecken und ihren Namen flüstern? Wer bitteschön hatte überhaupt gewusst, dass sie gerade jetzt in der Kirche war? Und wenn ihr jemand gefolgt wäre, dann hätte sie schließlich das Geräusch der schweren Türen hören müssen. Und, vor allen Dingen: *Warum* um alles in der Welt sollte jemand in der Kirche ihren Namen flüstern?

IV

Ihr war so, als könne sie das Gewitter, das sich im Abzug befand, noch spüren, und sie ging so schnell sie nur konnte durch das Dorf in Richtung See. Sie fühlte sich gehetzt. Oder verfolgt? War es wirklich nur das Gewitter, das sie in ihrem Rücken spürte? Und in ihrem Nacken, wo sich ein leichtes Kribbeln ausbreitete? Oder war da noch etwas anderes …

Frau Maier drehte sich schnell um. Doch die Straße hinter ihr war leer.

Frau Maier. Dieses Flüstern. Da hatten ihr das Rauschen des Regens und die Geräusche des fernen Unwetters doch tatsächlich einen Streich gespielt.

Solche Vorkommnisse beunruhigten Frau Maier. Denn wenn sie sich auf etwas verlassen musste, dann waren das ihre fünf Sinne und ein klarer Verstand. Sie lebte immerhin alleine in ihrem kleinen Haus am See, und sie war auch völlig alleine für sich verantwortlich. Da konnte sie sich keine Hirngespinste leisten! Und was, wenn es doch eine Alterserscheinung war ...

„Nichts da!“, schimpfte sie laut. „Du regst dich jetzt ab und denkst nicht über dein Alter nach!“

Manchmal musste Frau Maier sehr streng mit sich selbst sein. Das half.

Fast immer.

Heute leider nicht. Als Frau Maier am See angekommen war und den Weg am Ufer entlang zu ihrem Haus ging, spürte sie sie immer noch. Die Unruhe.

Der See lag nach dem Gewitter da, als wäre nichts gewesen und auch der Himmel sah aus, als könne er kein Wässerchen trüben. Spiegelglatt und hellblau, alle beide. Sie blieb stehen und schaute lange aufs Wasser hinaus. Sie atmete langsam ein und aus und versuchte, die Ruhe des Sees in sich aufzunehmen. Dann ging sie weiter und zwang sich zu einem gemächlichen Tempo. Doch gerade, als sie den kleinen Wald, in dem ihr Haus stand, erreicht hatte, war es wieder da. In ihrem Kopf.

Frau Maier!

V

Manchmal war es im kleinen Haus am See schon ein bisschen einsam, auch wenn Frau Maier sich das nur ungern eingestand. Vor allem an Tagen wie diesen. An Tagen, an denen die Unruhe zu Besuch kam, und sich als ungebetener Gast in jedem Zimmer breitmachte.

Frau Maier lag auf dem Sofa, neben sich einen Stapel Kochbücher. Nichts konnte sie so gut ablenken wie das Schmökern in einem Kochbuch, wenn sie sich jedes Rezept in Gedanken auf der Zunge zergehen ließ. Doch heute lag *Die große Fischküche* bereits seit einer Viertelstunde auf ihrem Schoß und sie hatte erst einmal umgeblättert.

Frau Maier seufzte. „So wird das nichts." Sie setzte sich langsam auf. Sie würde die Katze noch einmal rufen. Dann hätte sie wenigstens Gesellschaft. Vorhin hatte sie sich nicht blicken lassen. Vermutlich hatte sie das Gewitter an einem trockenen Fleckchen verschlafen und sparte sich ihre Kräfte für eine weitere, spannende Sommernacht auf.

Es klingelte an der Haustür. Frau Maier zuckte zusammen. Immer noch. Obwohl sie sich in letzter Zeit so bemüht hatte, offener zu werden und Freundschaften zu schließen – sie rechnete nie mit Besuch. Offenbar brauchte sie sehr lange, um sich an den Gedanken zu gewöhnen, dass einfach so mal jemand zu ihr kommen könnte. Auch ohne Einladung.

„Du bist manchmal ganz schön langsam", bemerkte sie, während sie aufstand und zur Tür ging – und wunderte sich nur ganz kurz darüber, dass sie gerade zu ihrem eigenen Gehirn gesprochen hatte.

„Frau Maier!" Dr. Frank Schön sah wie immer ein bisschen verlegen aus, aber Frau Maier hatte längst gelernt, sich davon nicht täuschen zu lassen. Frank war schließlich wesentlich weniger harmlos, als er aussah, und auch wesentlich weniger schüchtern. Beides hatte der Psychologe mit den blauen Augen und der vernachlässigten Frisur, seit sie ihn kannte, schon mehrfach unter Beweis gestellt. Damals, als sie die Leiche im See entdeckt hatte, und die Polizei ihr nicht hatte glauben wollen, da war Dr. Frank Schön, der Polizeipsychologe, zu ihr geschickt worden. Er hatte eigentlich feststellen sollen, dass sie nicht mehr ganz richtig im Kopf war. Frau Maier war bis heute überzeugt, dass man sie dann in ein Heim eingewiesen hätte. Aber Frank Schön hatte Mut bewiesen und Frau Maier bescheinigt, dass sie sehr wohl all ihre Sinne beisammen hatte. Er hatte ihr geholfen. Damals, und seitdem immer wieder.

„Alles in Ordnung?", fragte er jetzt, legte den Kopf ein wenig schief und sah Frau Maier aufmerksam an.

„Natürlich, was sollte denn nicht in Ordnung sein?", erwiderte Frau Maier schnell und bemerkte erst, als es schon zu spät war, wie barsch ihre Antwort klang.

Frank sagte nichts. Er zog nur fast unmerklich seine Augenbrauen etwas höher und – täuschte sie sich, oder umspielte der Hauch eines Lächelns seine Lippen? Der Hauch eines *wissenden* Lächelns?! Zusammenreißen, dachte Frau Maier, als sie zur Seite trat und Frank ins Haus winkte.

Sie ließ sich nicht gerne durchschauen. Genauer gesagt hasste sie es, sich durchschaut zu fühlen. Die unerschütterliche, gefasste Haltung – wenigstens nach außen hin – hatte sie sich vor vielen, vielen Jahren angeeignet und seitdem lange trainiert und perfektioniert. Eigentlich. Aber Frank hatte die unheimliche Fähigkeit, immer die richtigen Fragen zu stellen. Und immer zur richtigen Zeit aufzutauchen. So wie jetzt, als sie sich einsam und unruhig gefühlt hatte.

„Kaffee?", fragte sie.

„Immer gerne!“

Als Frau Maiers alte Kaffeemaschine endlich unter viel Geächze und Gegurgel zwei Tassenfüllungen produziert hatte, setzten sich Frank und Frau Maier ins Wohnzimmer.

Frank ließ sich mit einem Seufzer auf das Sofa sinken.

„Anstrengender Tag?“, fragte Frau Maier. „Komplizierte Fälle?“

„Frau Maier“, sagte Frank und das spitzbübische Lächeln, das Frau Maier so liebte, blitzte in seinem ansonsten so harmlosen Gesicht auf. „Wollen Sie mich aushorchen? Das ist doch meine Aufgabe.“ Und noch bevor Frau Maier etwas erwidern konnte, beugte Frank sich vor und sah sie ernst an. „Irgendetwas stimmt doch nicht. Sie sind angespannt.“

Diese Psychologen! Frau Maier wand sich innerlich. „Ich fange morgen eine neue Arbeit an“, antwortete sie lächelnd.

So. Das würde Frank jetzt erst einmal zufriedenstellen. Man musste einem Psychologen immer ein wenig Futter geben, zum Nachdenken und Besprechen, dann konnte man noch unangenehmere Fragen vermeiden. So viel hatte Frau Maier im Umgang mit Dr. Frank Schön bereits gelernt. Vom Flüstern in der Kirche und von der

Unruhe würde sie ihm ganz bestimmt nichts erzählen!

Frank musterte sie eindringlich mit seinen blauen Augen. Frau Maier zwang sich, nicht auf dem Sofa hin und her zu rutschen, was ihr sehr schwerfiel. Frank lehnte sich zurück und trank einen Schluck Kaffee.

„Aha", sagte er dann, und zog seine Augenbrauen noch ein winziges Stück höher nach oben. „Wo denn?"

„Im Schloss, drüben auf der Insel. Da werden jetzt zur Hochsaison zusätzliche Reinigungskräfte gebraucht. Frau Leitner aus dem Kurhotel hat mir die Stelle verschafft."

Kurze Pause. Frank nickte. Er lächelte. Dann sagte er: „Warum haben Sie eigentlich aufgehört im Kurhotel zu arbeiten?"

Frau Maier zuckte zusammen. So etwas Blödes. Das Flüstern und die Unruhe hatte sie umgehen können, aber jetzt hatte sich Frank zielsicher das nächste unangenehme Thema herausgepickt. Ein sehr unangenehmes Thema. Sie dachte an Hape, den Koch. Sie dachte an einen großen Eisbecher. Mit viel Sahne. Sie dachte an …

„Was hat denn diese leichte Rötung in Ihrem Gesicht zu bedeuten? Heraus mit der Sprache, Frau Maier, was ist da passiert?"

Frank hatte sich jetzt weit vorgelehnt und sah Frau Maier unverwandt und gespannt an. Ein Blick auf ihn genügte, und Frau Maier tat etwas für sie ganz und gar Ungewöhnliches: Sie kapitulierte. Er würde sich von dieser Fährte nicht mehr abbringen lassen, so viel stand fest.

„Da war ein Kollege", sagte sie leise, ohne Frank anzusehen.

„Da war ein Gehege?" Franks Stimme klang ein wenig belustigt, aber als Frau Maier schnell aufblickte, war sein Gesicht vollkommen ernst.

„Nein." Sie räusperte sich. „Da war ein Kollege. Ein *Kollege*", wiederholte sie noch einmal laut und deutlich. Es entstand eine längere Pause. Sie drehte ihre Kaffeetasse in den Händen. Wo war eigentlich die Katze, wenn man sie mal brauchte, um lästige Psychologen aus dem Konzept zu bringen? Die Katze machte Frank immer nervös, er hatte kein Händchen für Katzen.

„Und dieser Kollege war mehr als ein Kollege?" Franks Stimme war jetzt ganz sanft. So redet er also mit seinen Patienten, dachte Frau Maier, und musste plötzlich lachen. Was soll's, ich erzähle es jetzt einfach.

„Nein, dieser Kollege wollte gerne, dass wir mehr sind als nur Kollegen. Aber ich wollte das nicht. Und dadurch wurde die gemeinsame Arbeit für mich …" Sie suchte nach dem passenden Wort. „Anstrengend."

Frau Maier atmete tief durch. Erstaunlich! Es war gar nicht schwer gewesen, das zu erzählen. Und tatsächlich fühlte es sich sogar gut an, sie war richtig erleichtert. Als Frank nach einer weiteren Tasse Kaffee aufstand, um sich zu verabschieden, da hatte Frau Maier das Gefühl, dass sich auch die Unruhe verabschiedet hatte.

VI

Das Wasser glitzerte verführerisch im goldenen Abendlicht. Obwohl sich die Luft seit dem Gewitter am Nachmittag nicht mehr auf hochsommerliche Temperaturen erwärmt hatte, konnte Frau Maier der Versuchung nicht widerstehen.

Sie drehte sich um. Niemand zu sehen.

Die Böschung hinter ihr war dicht bewachsen, vom Gehweg aus, der durch das Wäldchen führte, konnte sie niemand beobachten. Schnell zog sie sich bis auf die Unterwäsche aus und watete ins Wasser hinein. Die Steine unter ihren Füßen spürte sie kaum. In dieser Hinsicht war sie eine echte Einheimische. Auch, wenn sie nicht hier geboren worden war, sondern erst als kleines

Mädchen in das Dorf am großen See gekommen war. Während die Touristen alljährlich seltsame Verrenkungen aufführten, wenn sie ohne Badeschuhe über die großen Kieselsteine ins Wasser gingen, merkte man ihr die lebenslange Übung an.

Mit einem wohligen Seufzer ließ sich Frau Maier in die Fluten gleiten. Das Wasser war frisch und sie hatte das Gefühl, dass seine Kühle und Klarheit in jede Pore ihrer Haut drang. Sie schloss die Augen und merkte, wie ihre Schwimmzüge immer gleichmäßiger wurden, ihr Atem immer ruhiger. Nach einer Weile machte sie die Augen wieder auf und blinzelte ins Abendlicht hinein. Tausend Edelsteine funkelten direkt vor ihr auf der Wasseroberfläche. Sie drehte sich auf den Rücken und schaute in den Himmel hinauf.

Die neue Arbeitsstelle, die Unruhe, das Flüstern – all das war jetzt ganz weit weg. Der See hatte ihre Sorgen weggespült.

Als sie sich wieder umdrehte, sah sie den Abenddampfer aus der Ferne Kurs auf Kauzing nehmen. Morgen früh würde sie das erste Schiff nehmen, um auf die Insel zu fahren. „Alles ist gut“, flüsterte sie.

Für einen kurzen Moment spürte sie ein starkes Verlangen zu tauchen, und unter Wasser zu schwimmen. Ihren ganzen Körper mit Kühle zu umgeben und sich frei und schwerelos zu fühlen. Sie zögerte und schaute auf das dunkle, klare Wasser.

Nein, heute nicht. Langsam schwamm sie zurück. Ob sie sich jemals trauen würde, wieder zu tauchen? Endlich wieder einmal – seit damals?

Zweites Kapitel
Donnerstag

I

Der See glänzte in der Morgensonne wie ein glattes, blaues Juwel. Die Luft, die Frau Maier auf dem Oberdeck umspülte, war morgendlich frisch.

Es war erst acht Uhr und der Dampfer dementsprechend menschenleer. Kurz hatte sie am kleinen Kiosk unter Deck gezögert, weil es gar so gut nach Kaffee geduftet hatte, aber beim Blick auf die Preisliste hatte sie sich dieses Vergnügen verkniffen. Touristenpreise. Sie beschloss, ab morgen immer eine Thermoskanne mit frischem Kaffee für den Arbeitsweg einzupacken.

Der Fahrtwind trieb Frau Maier die Tränen in die Augen, aber sie wollte sie auf keinen Fall zumachen. Zu schön war dieser Anblick. Sie wollte keine Sekunde davon verpassen. Die Berge kamen mit jedem Meter, den sich das Schiff durch den See pflügte, näher und der Himmel war wolkenlos.

In diesem Moment fühlte sich Frau Maier stark und zuversichtlich. Die Stelle auf der Insel anzunehmen, das war sicher eine gute Entscheidung gewesen. Und sie würde mit den Kollegen dort schon klar kommen.

Hätte Frau Maier gewusst, was sie auf der Insel erwartete, hätte sie die Dampferfahrt an diesem frühen Sommermorgen vermutlich weitaus weniger genossen.

II

Einundzwanzig, zweiundzwanzig, zweiundzwanzigeinhalb – das Baby in dem Wagen zählte nur halb. Oh mei, oh mei, ging das heute schleppend. Wahrscheinlich, weil es mitten in der Woche war. Oder weil es noch relativ früh am Morgen war. Wie blöd die Frau mit dem bunt gemusterten Regenschirm, der aus ihrer Handtasche ragte, und dem kleinen Mann mit dem Bart hinter ihr fast die Augen ausstach, schaute. Muffig. Gelangweilt. Und das im Urlaub. Oh mei, oh mei. Achtundzwanzig, neunundzwanzig – und immer noch nichts, was eine Notiz auch nur annähernd wert gewesen wäre.

III

Frau Maier holte tief Luft. Durch das Schloss schwebte ein ganz besonderer Geruch. Was war es? Das Holz? Die Stoffe? Der Staub? Oder alles zusammen?

Langsam ging sie durch die prächtigen Räume. Einmal, ein einziges Mal war sie schon hier gewesen. Damals, zu ihrer Erstkommunion. Da hatten ihre Eltern ihr einen Ausflug auf die Insel geschenkt. Sie erinnerte sich noch, wie aufgeregt sie gewesen war. Wie sie gestaunt hatte über die vielen Spiegel und Kerzen. Wie fröhlich ihre Mutter ausgesehen hatte und wie fest ihr Vater ihre Hand gedrückt hatte, als sie sich ehrfürchtig an ihm festgeklammert hatte. Frau Maier spürte, wie ihre Kehle eng wurde und ihre Augen brannten. Sie schluckte. Schnell weitergehen, schnell an etwas anderes denken.

Sie richtete ihre Aufmerksamkeit wieder auf die Umgebung. Auch heute, so viele Jahre später, versetzte sie das Schloss in Staunen. Und es kam ihr unwirklich vor, dass sie jetzt ganz alleine durch die menschenleeren Zimmer wandeln durfte.

„Schauen Sie sich in Ruhe um“, hatte Herr Schachner lächelnd gesagt. „Schließlich müssen Sie Ihren Arbeitsplatz erst einmal kennen lernen.“

Oliver Schachner war ihr neuer Chef. Er kümmerte sich um den reibungslosen Ablauf im Schloss – und dazu gehörte auch, dass er die Putzhilfen und Schlossführer zum Dienst einteilte. Frau Maier kannte ihn bereits vom Vorstellungsgespräch, und auch heute war er wieder so freundlich und höflich zu ihr gewesen wie damals.

„Mein neuer Arbeitsplatz …“, wiederholte Frau Maier. Das klang wirklich komisch. Ein prunkvoller Arbeitsplatz. Unwirklich.

Geh' leise, denn Du gehst auf meinen Träumen. So lautete ein berühmtes Zitat des Königs, der das Schloss hatte erbauen lassen. Sie hatte es gerade erst unten im Foyer in einem Prospekt gelesen. Jetzt, als sie über diese Worte nachdachte, lief sie unwillkürlich auf Zehenspitzen weiter.

Im großen Spiegelsaal hielt Frau Maier die Luft an. Viele Dinge, die einem als Kind riesengroß und beeindruckend erschienen, schrumpften im Lauf der Jahre auf ein enttäuschendes Normalmaß zusammen. Dieser Saal nicht. Er war auch heute noch riesengroß. Die Spiegel erstreckten sich an beiden Seiten über die volle Länge, in ihnen schienen tausende von Kerzen zu winken. Das Gold überall leuchtete in der Morgensonne, die sich im Kristall der vielen Lüster brach. Ein Zimmer voller Gold und Juwelen, dachte Frau Maier. Eine riesige Schatzkammer.

Plötzlich glaubte sie, hinter sich eine Bewegung wahrzunehmen. War da jemand im Nebenraum? Eine ihrer neuen Kolleginnen? Das wäre gut, denn allmählich musste sie sich daranmachen, ihre Materialien zum Putzen aus dem Abstellraum zu holen, und sie hätte gerne jemanden dabei, der ihr alles zeigen konnte.

Sie warf einen Blick in den Nebensaal. Niemand zu sehen. Doch plötzlich stutzte sie. Auch die Türen waren komplett verspiegelt, und da sie auf beiden Seiten offen standen, konnte Frau Maier sich von allen Seiten sehen. Wie in einem Spiegelkabinett. Kritisch musterte sie ihre Rückenansicht. So richtig vorteilhaft saß diese Hose nicht. Vielleicht könnte sie sich vom ersten Gehalt einmal eine neue …

Ihr stockte der Atem. In einem der Spiegel hatte sie jetzt ganz deutlich eine Gestalt gesehen. Aber es war keine ihrer Kolleginnen gewesen. Es war ein Mann gewesen. Groß. Dunkelhaarig. Und – Frau Maier zwickte sich kurz – er hatte einen blauen Samtmantel um die Schultern getragen. Mit weißem Pelz gefüttert … „Hermelin“, murmelte sie. Der Königsmantel. Blauer Samt und weißer Hermelin. Sie hatte ihn vor zehn Minuten unten im Museum gesehen.

Sie fuhr herum. Doch wieder war niemand zu sehen und es war ganz still im großen Spiegelsaal. Frau Maier schloss kurz die Augen. War sie übermüdet? Sie hatte vor Aufregung kaum geschlafen und heute Morgen vielleicht eine Tasse Kaffee zu viel getrunken. Oder hatte sie gerade unbewusst an den Mantel gedacht und dann …

„Sie müssen Frau Maier sein, oder?", sagte da eine freundliche Stimme hinter ihr. Frau Maier zuckte leicht zusammen. Was war nur los in diesem Schloss? Entweder sie sah Menschen, die nicht da waren, oder sie übersah die, die tatsächlich da waren. *Zusammenreißen.*

„Ja, richtig, ich bin die Neue." Frau Maier streckte lächelnd ihre Hand aus, und die junge Frau mit den lustigen Sommersprossen und dem rötlichen Pferdeschwanz ergriff sie und sagte: „Ich bin die Veronika. Veronika Mittermaier. Alle nennen mich Vroni."

„Mich nennen alle Frau Maier", sagte Frau Maier.

Falls Vroni sich wunderte, dass Frau Maier ihren Vornamen für sich behielt, ließ sie es sich nicht anmerken. Sie lachte kurz und erwiderte: „Die Frau Maier und die Frau Mittermaier, das passt doch. Soll ich Ihnen zeigen, wo Sie alles finden, was Sie hier zum Putzen brauchen?"

Dankbar nahm Frau Maier das Angebot an. Sie hatte ja sowieso jemanden gesucht, der sie einweisen konnte, aber jetzt war sie doppelt dankbar für die Ablenkung. Sie musste sich schleunigst wieder dem Hier und Jetzt widmen und die Vision im blauen Samtmantel verdrängen. Leider klappte das nicht sehr lange.

Als Frau Maier kurze Zeit später gewissenhaft die vielen Quadratmeter glänzenden Parketts im Spiegelsaal wischte, konnte sie sich nicht richtig auf die Arbeit konzentrieren. Immer wieder hielt sie inne und lauschte. Was war das? Ein leises Klirren von Kristall, verursacht durch einen Lufthauch? Die Fenster waren alle geschlossen.

Ein Säuseln, ein Wispern? Oder eine sanftes Schleifen – zum Beispiel von Samt über Parkett? „Jetzt reiß dich bitte endlich zusammen!", schimpfte Frau Maier energisch mit sich selbst. Offenbar lauter als beabsichtigt, denn postwendend kam eine Antwort aus der Richtung des Schlafgemachs: „Haben Sie mich gerufen, Frau Maier?"

„Nein, nein, alles in Ordnung, Frau Mitterm… Vroni, meine ich!"

Doch es war nicht in Ordnung. Was hatte sie da vorhin nur gesehen? Sie war doch nicht verrückt! Oder vielleicht doch? Ein kleines bisschen?

Nein, natürlich nicht. Da *war* jemand gewesen. Und auch jetzt … Sie spürte doch, wenn jemand sie beobachtete. Ihr Mund wurde trocken. Sie spähte erneut in alle Spiegel, aber es war niemand zu sehen. Und die Vroni schien ja auch nichts zu bemerken. Oder?

Frau Maier fasste sich ein Herz. Alles war besser, als für den Rest des Tages oder noch viel länger darüber zu grübeln, ob sie all ihre Sinne beisammen hatte. Rasch ging sie zu ihrer neuen Kollegin und sagte sofort, bevor sie es sich noch einmal anders überlegen konnte: „Da gibt es doch etwas, was ich noch fragen wollte. Vorhin, im Spiegelsaal, da habe ich jemanden gesehen. Also eine Person, die …" Jetzt zögerte Frau Maier doch kurz. Wie erklärte sie, dass sie jemanden im Samtmantel des Königs gesehen hatte, ohne vollkommen irre zu klingen?

Sie brauchte sich darüber keine weiteren Gedanken zu machen, denn Vroni hakte ein: „Sie haben jemanden gesehen, der so aussah, wie unser König?" Sie lachte über Frau Maiers verdutztes Gesicht. „Ich hätte Sie gleich warnen sollen, das tut mir leid. Das ist nur der Konny."

„Der Konny?", wiederholte Frau Maier lahm.

„Ja, der Freiberger Konrad. Einer der Hilfsgärtner hier auf der Insel. Er ist ein bissl …"

Vroni tippte sich mit bedeutungsvoller Miene ein paar Mal leicht an die Stirn.

Frau Maier nickte verständnisvoll und hoffte, die Vroni würde noch etwas mehr erzählen. Ihre Hoffnung wurde nicht enttäuscht.

„Er hat den König schon immer unheimlich verehrt, wissen Sie. Er weiß auch alles über ihn, hat alle Biografien und so was gelesen. Man kann ihn alles fragen, wirklich alles. Beeindruckend. Na ja, und dann ist das Ganze ein bisschen … aus dem Ruder gelaufen."

Frau Maier zog fragend die Augenbrauen hoch. Zum Glück schien Vroni sehr gerne zu reden. Eine sympathische junge Frau, fand Frau Maier.

„Der Konny hat eine ganz schwere Zeit gehabt. Trennung von seiner Frau und so. Sie verstehen schon."

Frau Maier fand, es war der falsche Zeitpunkt, um zu erläutern, wie gut sie das verstand. Sie nickte nur.

„Und da hat er sich dann nur noch in seine Traumwelt vom König geflüchtet. Hat von nichts anderem mehr geredet. Hat sich eigenhändig einen blauen Mantel geschneidert und sich daheim als König verkleidet. Und irgendwann hat er dann angefangen, morgens im Schloss in seiner Verkleidung herumzuschleichen." Vroni seufzte mitleidig.

Frau Maier fiel ein riesiger Stein vom Herzen. „Und ich dachte schon, ich sehe Gespenster!“, rief sie und lächelte Vroni an. Dann wurde sie wieder ernst.

„Aber ansonsten kann er alleine leben – und arbeiten?“

„Ja, freilich!“ Vroni nickte eifrig. „Er ist ja nicht verrückt oder so. Er spinnt halt nur bissl. Aber er ist sehr nett.“

Noch einmal fühlte Frau Maier Erleichterung. Es war gut zu wissen, dass der Mensch, der da durchs Schloss schlich, sehr nett war.

„Na dann passt ja alles. Dann wische ich mal weiter“, sagte sie und drehte sich um.

„Ach, Frau Maier“, sagte die Vroni da, und es klang verlegen.

„Ja?“

„Vielleicht erwähnen Sie das Ganze nicht beim Chef, wenn es geht.“

Als sie Frau Maiers fragenden Gesichtsausdruck sah, fügte sie hinzu: „Er hat das mit dem Kostüm nicht so gerne. Einmal ist der Konny einer Gruppe von Touristen begegnet und eine Oma ist furchtbar erschrocken.“

Das war vermutlich so eine Oma wie ich, dachte Frau Maier.

„Na ja, und wir hier im Schloss, also die meisten von uns, haben beschlossen, den Konny nicht zu verpetzen. Er macht ja nichts Schlimmes und er tut uns irgendwie leid." Sie zuckte entschuldigend mit den Schultern. „Sie müssen natürlich nicht lügen, wenn er Sie fragt", fügte sie schnell hinzu. Sie hatte wohl gerade bemerkt, dass sie sich der Neuen ziemlich ausgeliefert hatte, und dass die sie sofort beim Chef anschwärzen konnte, wenn sie wollte. „Aber von sich aus müssen Sie es ja nicht unbedingt erwähnen?", fügte sie mit etwas unsicherer Stimme hinzu.

„Ich sage nichts", versprach Frau Maier mit fester Stimme. „Ich finde das sehr nett von Ihnen und den anderen Kollegen." Sie nickte und ging zurück in den Spiegelsaal.

Und Veronika Mittermaier wusste in diesem Moment, dass die Neue richtig in Ordnung war. Eine freundliche, rundliche Omi mit grünen Augen und vielen Lachfalten. Sie lächelte, als sie sich wieder an die Arbeit machte.

IV

Die Sommersonne wärmte ihr Gesicht. Frau Maier schloss die Augen und lauschte dem gleichmäßigen, beruhigenden Brummen der Schiffsmotoren. Sie spürte jeden einzelnen Knochen – in so einem Schloss gab es doch eine Menge zu putzen.

Der erste Tag war gut verlaufen und sie war erleichtert. Der Chef war nett und die Vroni auch. Mit den anderen hatte sie noch nicht viel zu tun gehabt. Sie dachte an die Erscheinung in den Spiegeln, an die Figur im Hermelinmantel. *Der Freiberger Konny, er ist ein bisschen …* Sie sah Vronis mitleidiges Gesicht vor sich und spürte trotz der Wärme eine Gänsehaut auf ihren Armen. *Der Konny hat eine schwere Zeit gehabt … Und dann hat er sich in seine Traumwelt geflüchtet.*

Wie knapp war sie selbst eigentlich an so einem Leben vorbeigeschlittert? Immerhin hatte sie auch viele Jahre lang eine Trennung nicht verwinden können, hatte sich im Dorf abgesondert, hatte ganz alleine in ihrer eigenen Welt gelebt, nur mit der Katze, ihren Kochbüchern und den Schallplatten von Elvis Presley.

„So ein Schmarrn", brummte Frau Maier. „Immerhin habe *ich* mir nie einen Elvis-Anzug geschneidert." Plötzlich fiel ihr ein, dass sie nicht alleine war. Schnell machte sie ihre Augen auf, aber offensichtlich hatte der Dampfer ihr Selbstgespräch übertönt. Die japanischen Touristen neben ihr verzogen jedenfalls keine Miene.

V

Die Katze schnurrte und schnurrte. Sie konnte gar nicht mehr aufhören. „Mei, hast du mich so vermisst?", flüsterte Frau Maier und kraulte abwechselnd die beiden schwarzen Ohren. Sie hoffte, dass die Katze nicht merkte, wie froh sie war, dass zuhause jemand auf sie wartete. Sie wollte das arme Tier schließlich nicht unter Druck setzen. Aber ihr Herz hatte vor Freude schneller geklopft, als sie die kleine schwarz-weiße Gestalt vor der Haustür hatte sitzen sehen. Das Haus am See hatte still und friedlich ausgesehen. Still und friedlich und einsam – wenn da eben nicht die Katze gewartet hätte.

Jetzt lagen sie zusammen auf dem alten Cordsofa und hörten Elvis. *Heartbreak Hotel.* Wie bei all ihren Lieblingsliedern hatte Frau Maier auch bei diesem Lied den Text mit einem alten Englisch-Wörterbuch Wort für Wort ins Deutsche übersetzt. Wenigstens so ungefähr. Bei diesem Lied war es nicht sonderlich schwer gewesen. *So lonely,* sang Elvis wieder und wieder. So einsam. *I'm so lonely.* Ich bin so einsam. *They're so lonely, they could die.* Sie sind zum Sterben einsam. Frau Maier spürte wieder die Gänsehaut. Irgendwo hatte sie einmal gelesen, dass der Text dieses Liedes auf einem Abschiedsbrief basierte. Auf dem Abschiedsbrief eines Menschen, der aus Einsamkeit Selbstmord begangen hatte. Sie dachte an den Konny. An Vronis Stimme: „Und dann die Trennung von seiner Frau …"

Langsam stand sie auf und ging zum Regal. Zur Schublade mit den Tischdecken. Sie tastete ganz tief unten im Stapel nach etwas Hartem, Eckigem. Sie zog es hervor und hielt die Luft an. Wie lange hatte sie das Bild nicht mehr angeschaut?

Der junge Mann auf dem Foto strahlte. Strahlte sie an. Hielt ihr einen Fisch entgegen. Stolz war er, und glücklich. Wie lange war das her? 40 Jahre? Länger? Karli. Der Fischer. Der Fischer-Karli. *Ihr* Fischer.

Frau Maier schloss kurz die Augen und plötzlich war da ein Gesicht direkt vor ihr. Ein blasses Gesicht. Ausgemergelt, mit Augenringen. „Maria", flüsterte sie, und spürte, wie eine Träne über ihr Gesicht kullerte. Aber sie weinte nicht, weil der Karli damals die Maria geheiratet hatte. Nicht mehr. Sie weinte, weil die Maria todkrank war. Der Karli hatte es ihr selbst gesagt. *Es wird nimmer lang gehen.* Genau das waren seine Worte gewesen.

Sie erinnerte sich auf einmal so lebhaft daran, wie ihre Mutter damals die Krankensalbung vom

Pfarrer bekommen hatte, dass sie den Geruch des Öls in der Nase hatte. Sie schüttelte sich. Tod, Tod, Tod. Konnte sie denn an nichts anderes denken?

They're so lonely, they could die, sang Elvis.

Die Maria wird sterben, dachte Frau Maier. Und der Karli wird einsam sein. Aber auch nicht einsamer, als wir alle drei es schon ein Leben lang waren. Jeder auf seine Weise.

Selbst schuld, alle drei. *Der Karli, die Maria und ich.* Der Karli, die Maria und ich. Eine zweite Träne löste sich langsam aus ihrem Augenwinkel und tropfte auf die Nase der Katze. Die schüttelte sich und nieste. Und Frau Maier stand auf und stellte die Musik ab.

Drittes Kapitel
Freitag

I

Auch der starke Kaffee in der Thermoskanne, den Frau Maier morgens auf dem Dampfer getrunken hatte, hatte sie nicht vollkommen wiederherstellen können. Sie hatte schlecht geschlafen und wirr geträumt. Der Refrain von *Heartbreak Hotel* hatte unangenehm laut und penetrant in ihrem Kopf gedröhnt, gelegentlich unterbrochen von einer Stimme, die eindringlich „Frau Maier!" flüsterte.

Erst jetzt, beim Putzen, entspannte sie sich, und fühlte sich zunehmend wohl in ihrer Haut. „Putzfrau aus Leidenschaft", brummte sie. Die vertrauten Tätigkeiten, das Wischen, Saugen und Kehren, beruhigten sie. Und sie liebte es, sorgfältig zu arbeiten und sich anschließend am Ergebnis zu erfreuen. Sie hatte in ihrem Leben schon viele Putzstellen gehabt, aber diese hier war mit Abstand die Aufregendste.

Hingebungsvoll polierte Frau Maier den goldenen Thron im Beratungssaal. Sie stellte sich vor, sie hätte auch einen Beratungssaal. In dem würde sie Dr. Frank Schön empfangen. Da könnte er ihr dann im großen Stil Ratschläge erteilen. Sie schmunzelte. Doch im nächsten Moment stutzte sie. Was war das? War da etwas kaputtgegangen? Sie erschrak. Hatte sie etwas falsch gemacht?

Die filigran geschnitzte Krone, die die Lehne des Thrones am höchsten Punkt zierte, hatte einen Riss. Eindeutig. Vorsichtig strich Frau Maier mit dem Finger darüber. Eigenartig. Das war kein zufälliger Riss, sondern eher eine ganz feine Naht. So, als hätte jemand die Krone entfernt und wieder angeklebt. „Wahrscheinlich wurde da etwas restauriert“, überlegte sie. „Oder der Thron sah schon immer so aus.“

Aber sie glaubte nicht so recht daran. Irgendwie sah der Riss komisch aus. Sie beschloss, sofort den Chef darauf aufmerksam zu machen. Am Ende bliebe das Ganze sonst noch an ihr hängen! Sie versuchte, Gedanken an riesige Schadensersatzforderungen gar nicht erst aufkommen zu lassen, als sie mit klopfendem Herzen durch die Räume des Schlosses eilte, um ihren Chef zu finden. Sie hatte das Schlafgemach bereits durchquert, als sie wie angewurzelt stehen blieb. Vor lauter Eile schien ihre Wahrnehmung ein wenig hinterherzuhinken – aber hatte sie da im Augenwinkel nicht gerade blauen Samt und weißen Hermelin gesehen? Neben dem Bett? Auf dem Boden?

Frau Maier ging langsam zurück. Sie wusste

nicht, warum, aber plötzlich klopfte ihr Herz noch viel schneller als vorher. In ihrem Nacken kribbelte es verdächtig. Mit angehaltenem Atem betrat sie das Schlafzimmer. Ja, neben dem Bett lag tatsächlich blauer Samt auf dem Boden. Er war nicht sofort zu erkennen, weil der Bettüberwurf ebenfalls aus blauem Samt war und direkt in den Stoff auf dem Boden überging. Aber auf dem Boden, da war auch weißer Pelz – und einer der schweren, goldenen Kerzenleuchter lag direkt daneben.

Frau Maier erstarrte. Neben all den anderen Dingen, die ihr heute Morgen durch den Kopf gegangen waren, hatte sie überhaupt nicht mehr an den verrückten Gärtner gedacht. Jetzt kehrte er mit einem Paukenschlag in ihr Bewusstsein zurück.

Der weiße Hermelin saugte sich gerade mit Blut voll. Und das Blut floss direkt aus dem Kopf vom Freiberger Konny.

II

Vierundzwanzig, fünfundzwanzig, sechsundzwanzig. Wieder nichts Interessantes dabei heute. Siebenundzwanzig – hatte die Frau keinen Spiegel daheim? Achtundzwanzig, neunundzwanzig … Wobei, irgendwie war es ja schon interessant gewesen, vorhin. Diese Person. Was wollte die schon wieder hier? Dreißig, einunddreißig. Herumschnüffeln? Sie sollte sich besser nicht mit ihm anlegen. Achtunddreißig. Er hatte hier alles im Griff. Vierzig. Wo hatte dieser Tourist denn diesen scheußlichen Hut her? Wahrscheinlich dachte er, das sei original bayerische Tracht. Einundvierzig, zweiundvierzig. Manche Leute sind so was von blöd.

III

Die Vroni war zum Glück im Speisezimmer gewesen und sie wusste auch, wie das interne Telefon funktionierte. Sie hatte sofort den Chef gerufen, und der hatte den Notarzt und die Polizei verständigt. Jetzt hieß es warten. Bis sie auf der Insel ankommen würden, würde es eine Weile dauern.

Einer der jungen Schlossführer, Medizinstudent und Rettungssanitäter, war sofort geholt worden. Er verdiente sich während der Semesterferien Geld für sein Studium auf der Insel. Er hatte sich neben den Konny gekniet und – so war es Frau Maier vorgekommen – ewig dort unten gekauert. Dann hatte er sich langsam aufgerichtet und den Kopf geschüttelt. Seine Hand war voller Blut gewesen.

Sie saßen im Aufenthaltsraum für das Personal. Niemand sagte etwas. Der Chef, Oliver Schachner, war fast so bleich wie der Freiberger Konny. Die Vroni weinte. Frau Maier versuchte, ruhig zu atmen, aber ihre Hand, mit der sie ihre Kaffeetasse umklammert hielt, zitterte. Die anderen Putzhilfen und Schlossführer waren auch zusammengetrommelt worden, denn die Polizei würde mit jedem sprechen müssen. Niemand sagte es, aber jeder wusste es: Das war kein Unfall gewesen. Der schwere Kerzenleuchter war nicht von alleine auf dem Kopf vom Konny gelandet.

Als Oliver Schachners Handy klingelte, zuckten alle zusammen. „Die Polizei ist jetzt da, ich muss sie in Empfang nehmen. Bitte bleiben Sie hier“, sagte er streng und verschwand.

IV

Trotz des Ernstes der Lage und trotz der Tatsache, dass sie gerade eine Leiche entdeckt hatte, konnte Frau Maier nicht umhin, sich zu fragen, wer wohl der ermittelnde Kommissar sein würde. Fiel die Insel noch in den Zuständigkeitsbereich vom Brandner?

Frau Maiers Hände zitterten stärker. Kommissar Brandner. Zweimal schon war sie ihm bei Ermittlungen in die Quere gekommen. Er hielt sie für eine schrullige Alte, die nicht ganz zurechnungsfähig war, und die zudem verdächtig oft über irgendwelche Leichen stolperte. Und ganz ehrlich: Allmählich konnte sie es ihm schon gar nicht mehr übel nehmen. Warum schon wieder?, fragte sie sich. *Warum schon wieder ich?*

Seit ihrer ersten Begegnung damals in Kauzing, als sie die Leiche am See gefunden hatte, war Frau Maier überzeugt davon, dass der Brandner nur darauf wartete, sie einzusperren. Ins Gefängnis. Oder noch schlimmer, in die Klapsmühle. Dabei war es nun wirklich nicht ihre Schuld gewesen, dass die Leiche genau vor ihrem Haus abgelegt worden war. Und dass der Täter sie wieder entfernt hatte, bevor die Polizei eingetroffen war.

Die Tür öffnete sich. Herr Schachner kam mit einem kleinen, dünnen Mann herein. Frau Maier schätzte ihn auf Anfang vierzig. Er hatte Geheimratsecken und sah sympathisch aus. Und vor allem war er nicht der Brandner. Frau Maier atmete auf. „Das ist Kommissar Förster", sagte der Chef. „Er möchte sich mit jedem von Ihnen einzeln unterhalten."

V

Das Verhör mit Kommissar Ralf Förster und seinem jungen Kollegen hatte im Büro des Chefs stattgefunden und war sehr kurz gewesen. Frau Maier hatte noch einmal beschrieben, wie sie die Leiche entdeckt hatte, und dann einige Fragen beantwortet. Nein, ihr war niemand begegnet. Die Vroni war die erste Kollegin gewesen, die sie getroffen hatte – aber erst nach dem Fund. Nein, sie hatte auch nichts gehört. Keinen Schlag, keinen Schrei, keinen Aufprall. Nein, sie war dem Freiberger Konny nie begegnet, das hier war erst ihr zweiter Arbeitstag im Schloss. Ja, sie wusste von seiner Angewohnheit, im Hermelinmantel durchs Schloss zu gehen, und nein, ansonsten wusste sie gar nichts über ihn. Und ja, sie würde sich melden, wenn ihr doch noch irgendetwas einfallen würde.

Als Frau Maier das Büro verließ, war sie erleichtert. Der Kommissar war freundlich und höflich gewesen. Kein Vergleich zum Brandner.

Erst, als sie den Aufenthaltsraum schon wieder erreicht hatte, blieb sie wie angewurzelt stehen. Sie hatte völlig vergessen, dass sie am Morgen ja doch etwas Eigenartiges entdeckt hatte. Den Riss im Thron. Sie überlegte. Musste der Kommissar das wissen? Es hatte ja nichts mit dem Tod vom Konny zu tun. Und es handelte sich eigentlich um etwas, was nur die Schlossverwaltung etwas anging. Sie beschloss, es Herrn Schachner zu sagen. Er konnte dann selbst entscheiden, ob er dem Kommissar davon erzählen würde.

„Das ist aber schön, so eine aufmerksame Mitarbeiterin zu haben!", sagte Oliver Schachner einige Minuten später und nickte anerkennend. Zum ersten Mal an diesem Morgen zeichnete sich auf seinem Gesicht die Andeutung eines Lächelns ab. „Wenn ich Sie hätte testen wollen, ob Sie gründlich putzen – den Test hätten Sie eindeutig bestanden!"

Frau Maier konnte nicht umhin, sich zu freuen. Sie wurde nicht allzu oft gelobt, und sie musste zugeben, dass es sehr guttat. Gleichzeitig machte es sie aber auch verlegen, und sie wusste nicht, wie sie darauf reagieren sollte. Der Chef sagte nichts mehr, daraus schloss sie, dass er wohl auf eine Antwort von ihr wartete.

Frau Maier gab sich einen Ruck. „Da bin ich

aber froh, ich hatte schon Angst, dass ich etwas falsch gemacht habe. Oder dass ich mir da etwas eingebildet habe. In meinem Alter sieht man schon mal Gespenster, wissen Sie. Und ich habe dann auch noch so eine lebhafte Phantasie …" Frau Maier verstummte und spürte, wie ihr heiß wurde. Was redete sie da nur für einen Blödsinn?

Oliver Schachner betrachtete sie einen Moment lang etwas nachdenklich, dann sagte er: „Keine Sorge, das hat alles seine Richtigkeit, Frau Maier." Aus der Nähe betrachtet sah er weniger jung aus als aus der Ferne, er war vermutlich Mitte oder Ende vierzig. Für einen Chef immer noch jung, dachte Frau Maier. Er hatte sehr freundliche, braune Augen und trug eine randlose Brille. „Der Thron ist restauriert worden und die Krone musste dazu abgenommen werden."

Frau Maier nickte erleichtert. Keine Schadensersatzforderungen. Immerhin etwas an diesem schwarzen Tag. Herr Schachner sah nervös auf seine Uhr.

„Entschuldigen Sie bitte, Frau Maier, ich muss wieder los. Die Polizei wartet. Und das Schloss kann heute nicht für die Besucher geöffnet werden, da gibt es noch viel zu regeln. Fahren Sie einfach heim und kommen Sie morgen früh ganz normal wieder zu Ihrem Dienst." Er hatte sich schon einige Schritte entfernt, als er noch einmal kehrtmachte. „Ach ja, und noch etwas. Könnten Sie vielleicht morgen auf der Insel übernachten? Nach Feierabend muss die Cafeteria mal wieder gründlich geputzt werden, und da brauchen wir Hilfe."

Frau Maier traute sich nicht zu sagen, dass sie lieber zuhause schlafen wollte, und nickte stattdessen. Es war beim Vorstellungsgespräch schließlich so vereinbart worden, und Frau Maier hielt sich immer an Vereinbarungen.

VI

Auf dem Weg zur Anlegestelle für den Dampfer klingelte es plötzlich schrill direkt hinter Frau Maier. Sie fuhr zusammen. Sie war völlig in Gedanken gewesen.

Veronika Mittermaier stieg vom Rad ab und schob es neben Frau Maier her. Sie sah ziemlich verweint und mitgenommen aus. Eine Weile sagten beide nichts, dann meinte die Vroni leise: „Was für ein Leben. Erst das mit seiner Frau, dann die ganze Spinnerei mit dem König und jetzt so ein Ende. Gerade mal 47 Jahre alt durfte er werden und …" Sie brach den Satz ab, weil ihre Stimme bedrohlich zitterte.

Frau Maier fiel einfach nichts Tröstliches dazu ein, deshalb schwieg sie weiter. *They 're so lonely, they could die.* Der Refrain des Liedes war wieder da. Zum Sterben einsam.

Sie hatten jetzt den kleinen überdachten Warteraum am Steg erreicht und setzten sich auf eine Bank. Es war mittlerweile schon um die Mittagszeit, aber der Raum war menschenleer und sehr ruhig. Heute stiegen keine Touristen auf der Insel aus, dafür sorgten offenbar zwei Polizeibeamte in Uniform, die sich vorne am Steg positioniert hatten.

„Hoffentlich legt überhaupt ein Dampfer an, damit wir hier wegkommen", sagte Frau Maier.

„Ja, der Herr Schachner hat gesagt, die wissen Bescheid, dass die Angestellten wieder aufs Festland müssen", antwortete die Vroni.

Frau Maier fasste sich ein Herz. Ihre Neugier war einfach zu groß. „Was war denn da genau mit der Frau vom Freiberger Konny?", fragte sie.

„Die hat ihn furchtbar behandelt, so schaut es aus", antwortete die Vroni, und Frau Maier war erstaunt, dass die freundliche junge Frau zu so einem scharfen verächtlichen Tonfall fähig war. „Sie hat ihn erst ausgenommen so gut es eben ging und ihn dann verlassen. Nichts hat sie ihm gegönnt. Sie residiert in der schönen Wohnung drüben auf dem Festland, und er musste hier im alten Kutscherhäusl hausen. Die Fenster schließen nicht, es ist feucht, der Strom fällt ständig aus. Aber für ihn war das gut genug, in *ihren* Augen." Die Vroni schnaubte wütend. „Und als er dann die Scheidung wollte …"

„Er wollte die Scheidung?", fragte Frau Maier. Bisher hatte es für sie eher so geklungen, als sei die Trennung von der Frau ausgegangen.

„Ja, aber dazu kam es nicht, weil …"

In diesem Moment zischte eine kalte Stimme direkt hinter ihnen: „Du kleines Miststück, was erzählst du denn da?"

Frau Maier und Vroni fuhren herum. Hinter ihnen stand eine große, stattliche Frau mit sehr blond gefärbten Haaren. Wie aus dem Nichts war sie aufgetaucht. Vermutlich hatte sie hinter der großen Anzeigetafel mit den Abfahrtszeiten der Schiffe gestanden. Ihr Gesicht war wutverzerrt und deshalb nicht besonders schön. Ihre Lippen waren sehr rot geschminkt.

Die Vroni zuckte zwar zusammen, aber sie versuchte, sich zu behaupten. „Ich sage nur die Wahrheit. Wenn Ihnen das nicht passt, kann ich auch nichts machen."

„Wenn mir das nicht passt? Wenn mir das nicht passt???" Die Stimme der wütenden Frau wurde bedrohlich laut.

Zum Glück sah Frau Maier, dass die beiden Polizisten auf den Lärm aufmerksam geworden waren, und in ihre Richtung kamen. Keinen Augenblick zu früh, denn tatsächlich packte die Frau die Vroni an ihrer Jacke und zog sie von der Bank hoch. Frau Maier sprang auf und wollte schützend den Arm um ihre junge Kollegin legen, aber die Polizisten waren schneller. Mit einem routinierten Handgriff hatte einer der beiden die Furie unter Kontrolle. „Jetzt mal ganz ruhig", sagte der andere. „Wo ist denn das Problem?"

„Das Problem?", schnaubte die Furie. Dann legte sie plötzlich den Kopf in den Nacken und lachte schallend. „Es gibt kein Problem. Und wissen Sie warum? Weil mein Mann tot ist. Der arme Irre. Endlich habe ich dieses Problem nicht mehr am Hals."

Frau Maier erschrak und sie konnte spüren, dass auch die Vroni und die beiden Polizisten unwillkürlich einen Schritt vor Sylvia Freiberger zurückwichen.

„Was denn?", lachte die. „Schockiert Sie das? Ich wurde doch hierher zitiert, damit der Kommissar mit mir sprechen kann. Und da muss man die Wahrheit sagen, dachte ich jedenfalls." Ihre Stimme klang spöttisch. „Und die Wahrheit ist: Ich bin sehr froh, dass mein Mann tot ist. Das können Sie gleich zu Protokoll nehmen."

Und mit diesen Worten stapfte sie hoch erhobenen Hauptes in Richtung Schloss davon.

VII

Als Frau Maier an diesem Abend vor Elfriede Grubers Haus stand, fühlte sie sich schlecht. Sie war müde und alles tat ihr weh. Aber es war mehr als nur die Müdigkeit, die ihr in den Knochen steckte. Es war ein äußerst unangenehmes und aufdringliches Unbehagen.

Sie war vom Dampfersteg aus nach Hause gegangen, um den Zweitschlüssel für ihr Haus am See zu holen, hatte eine Tasse Kaffee getrunken und sich mit schweren Beinen und schweren Herzens wieder auf den Weg gemacht. Obwohl sie sich viel lieber auf ihr altes Cordsofa gelegt hätte. Oder am liebsten gleich ins Bett. Die Decke über den Kopf ziehen und einfach schlafen. Alles vergessen. Und die Unruhe hinter sich lassen.

Es war noch hell und die abendliche Sommerluft war warm und weich. Frau Maier streckte die Hand aus, um die Klingel neben dem Schild mit dem Namen *Gruber* zu drücken. Sie ließ die Hand wieder sinken. Aus dem Nachbargarten drangen der Geruch von Grillfleisch und Gelächter zu ihr herüber. Ein roter Sonnenschirm leuchtete durch die Hecke.

Frau Maier zuckte zusammen.

Eine rote Pfütze. Ein weißer Kragen, der sich langsam blutrot färbte. Ein grellrot geschminkter Mund.

„Frau Maier!" Elfriede Gruber streckte den Kopf aus dem Küchenfenster im Erdgeschoss. „Ich habe Sie kommen sehen. Warum klingeln Sie denn nicht?" Sie lachte und schloss das Fenster wieder. Wenige Sekunden später öffnete sie die Tür. „Kommen Sie rein. Ich habe mir gerade eine Brotzeit auf der Terrasse hergerichtet. Wollen Sie mitessen?"

„Nein, danke, ich ..."

„Keine Widerrede." Elfriede Gruber zog Frau Maier am Arm mit sich, und ehe sie noch einmal protestieren konnte, saß sie schon auf einem weich gepolsterten Gartenstuhl und hatte einen Teller Wurstsalat vor sich.

Sie wollte sich freuen. Immerhin war es ein wunderschöner Abend. Immerhin liebte sie Wurstsalat. Immerhin hatte Elfriede sie zum Abendessen eingeladen. Elfriede, deren Putzfrau sie einmal gewesen war, und die inzwischen eine gute Bekannte für sie geworden war. Beinahe eine Freundin. Ihre erste echte Freundin.

Sie wollte sich freuen, aber sie konnte es nicht.

Sie rutschte auf dem weichen Kissen hin und her und starrte auf ihre Gabel. Elfriede erzählte von einem anstrengenden Kunden in der Sparkasse. Frau Maier ließ ihren Blick über die Terrasse schweifen. In einem Blumentopf steckte ein rotes Windrad. *Blutrot.*

„Frau Maier?“ Elfriedes Stimme klang besorgt und Frau Maier fiel mit einem Schlag auf, dass schon einige Sekunden lang niemand gesprochen hatte. Sie schaute auf.

Elfriede musterte sie aufmerksam. „Was ist denn los?“ Und als keine Antwort kam, fügte sie hinzu: „Und warum sind Sie eigentlich vorbeigekommen? Ich habe ganz vergessen zu fragen. Ich habe mich einfach nur gefreut, Sie zu sehen.“ Sie lächelte, und Frau Maier fühlte sich plötzlich ein kleines bisschen besser.

„Ich wollte Ihnen meinen Schlüssel bringen“, erklärte sie.

Elfriede zog fragend die Augenbrauen hoch.

„Sie haben doch angeboten, nach meiner Katze zu schauen, wenn ich auf der Insel übernachten muss", ergänzte Frau Maier.

„Ja, natürlich, sehr gerne! Wie ist die neue Arbeit überhaupt? Entschuldigen Sie, ich erzähle nur von mir, und dabei haben *Sie* ja den neuen Job."

„Das macht nichts. Also hier ist der Schlüssel und das Futter steht in der Küche ..."

„Das weiß ich doch. Frau Maier, ist wirklich alles in Ordnung? Wie ist es denn im Schloss?"

„Sehr ... interessant ..." Frau Maier stockte. Sie überlegte fieberhaft. Sollte sie Elfriede erzählen, was passiert war? Sie musste doch allmählich denken, dass es nicht mit rechten Dingen zugehen konnte, dass Frau Maier ständig über Leichen stolperte. Zuerst die Leiche im See, direkt vor ihrem Haus. Dann die Geschichte im Kurhotel. Und jetzt schon wieder.

Die Vorstellung, dass Elfriede etwas Schlechtes von ihr denken könnte, war für Frau Maier fast noch schlimmer als das Bild vom Freiberger Konny mit dem Loch im Kopf. Aber wenn sie jetzt nichts sagte, dann würde Elfriede es morgen in der Zeitung lesen. Sie holte tief Luft.

„Es ist etwas passiert. Es gab eine Leiche im Schloss." Sie schaute Elfriede in die Augen. „Es wurde ein Mitarbeiter umgebracht."

Elfriede schaute sie mit großen Augen an, aber sie sagte eine Weile nichts und dann einfach nur: „Wie bitte?“

„Sie werden es morgen in der Zeitung lesen können. Es stimmt wirklich.“ Frau Maier zog die Schultern hoch. „Es ist schrecklich“, flüsterte sie.

„Aber wer? Und warum?“ Elfriede flüsterte ebenfalls. Sie schien es immer noch nicht glauben zu können.

„Ein Gärtner. Aber wer es war, das weiß noch niemand. Das müssen wir jetzt herausfinden. Also die Polizei, die muss das herausfinden. Die Polizei.“ Frau Maier merkte, dass sie stotterte.

„Frau Maier!“ Elfriede holte tief Luft. „Sie machen bitte gar nichts. Versprechen Sie mir das. Zweimal haben Sie sich schon in große Gefahr gebracht, irgendwann geht das auch einmal schief!“

Frau Maier stand ein wenig ungeschickt auf und fegte dabei eine Gabel vom Tisch. Sie fiel mit einem lauten Klirren auf den Boden. Frau Maier hob sie hastig auf und ignorierte das Stechen in ihrem Knie.

„Ja, natürlich, Sie haben Recht!“ Sie lächelte Elfriede zu, aber es fühlte sich wie eine Grimasse an. „Ich mische mich nicht ein.“

An der Tür hielt Elfriede Frau Maier am Arm

fest. „Bitte, Frau Maier, ich meine es ernst“, sagte sie eindringlich. „Ich …“ Sie stockte kurz und wirkte, wie so oft, ein bisschen verlegen. „Ich mache mir Sorgen um Sie.“ Und sie zog Frau Maier an sich und drückte sie kurz.

„Dafür gibt es keinen Grund, versprochen. Es wird nichts Schlimmes mehr passieren und die Polizei hat alles im Griff“, antwortete Frau Maier mit fester Stimme und machte sich auf den Heimweg.

Bei jedem Schritt spürte sie, wie das Unbehagen noch stärker wurde. *Dafür gibt es keinen Grund. Es wird nichts Schlimmes mehr passieren.* Ihre eigenen Worte verfolgten sie. Und ihr dämmerte, dass sie Elfriede vermutlich gerade angelogen hatte. Ziemlich sicher sogar.

Viertes Kapitel
Samstag

I

Am nächsten Tag sah auf der Insel auf den ersten Blick alles ganz normal aus. Das Schloss strahlte im Morgenlicht, und die Brunnen davor sprudelten fröhlich vor sich hin. Das Wasser, das zurück in die Becken plätscherte, wurde von der Sonne in Fontänen aus Gold und Silber verwandelt.

Drinnen hielt der Chef eine Ansprache an das Personal. „Die Polizei hat auf Hochtouren gearbeitet und bereits die Spuren gesichert und den Tatort reinigen lassen." An dieser Stelle stockte er kurz, vermutlich dachte er an die große rote Pfütze, die langsam zum weißen Hermelin geflossen war ...

Frau Maier schüttelte sich und konzentrierte sich wieder auf den Chef. Er sah sehr müde aus und seine Handbewegungen wirkten fahrig. „Die Schlossverwaltung hat das Okay bekommen, den Betrieb heute wieder aufzunehmen. Natürlich werden die Besucher Sie vermutlich nach den, äh ..." Er stockte wieder. „... nach den Vorkommnissen fragen. Gestern kam es ja schon im Radio und heute steht es in den Zeitungen. Und im Internet findet man natürlich auch alles Mögliche darüber. Ich halte Sie alle an, keine Auskünfte zu geben, und sich nicht an wilden Spekulationen zu beteiligen. Und nur zu Ihrer Information: Es gibt auch nichts zu spekulieren. Es gibt noch keinen Verdächtigen. Die Polizei ermittelt in alle Richtungen."

Das hat er sich aber schön gemerkt, dachte Frau Maier. Dieser Satz kam in jedem Krimi vor. *Kein Verdächtiger.* Und was bitteschön war die Furie, die offen zugegeben hatte, wie froh sie über den Tod ihres Mannes war? War das etwa kein Motiv?

Der Tonfall des Chefs wurde jetzt schärfer. „Sollte ich jemanden dabei erwischen, dass er mit Besuchern über den Fall spricht, gibt es eine Abmahnung."

In die Stille hinein, die auf seine Worte folgte, sagte plötzlich Veronika Mittermaier: „Und was ist mit dem Konny? Wird der einfach so vergessen? Gibt es nicht mal eine kleine Trauerfeier, irgendetwas?" Obwohl ihre Stimme zitterte, klang sie gleichzeitig wütend. Zustimmendes Gemurmel machte sich unter den Kollegen breit und Oliver Schachner sah verlegen aus, als er sagte: „Ja, natürlich. Natürlich. Sie haben Recht. Ich werde da etwas veranlassen." Mit diesen Worten verschwand er in seinem Büro und zog die Tür schnell hinter sich zu.

II

Dreiundsiebzig, vierundsiebzig, fünfundsiebzig. Unglaublich. Jeder Zweite starrte auf sein Handy. Sechsundsiebzig, siebenundsiebzig. Sie war heute die Nummer vier gewesen. Achtzig, einundachtzig. *Im Auge behalten.* Auf jeden Fall.

III

Frau Maier ging langsam die Treppe nach oben in den ersten Stock. Sie musste heute wieder den Spiegelsaal wischen. Fünfundsiebzig Meter Parkett – das sollte genügen, um mich zu entspannen, dachte sie. Sie atmete den typischen Schlossgeruch aus Holz, Samt und Staub ein. Wie traurig, dass dieser wunderschöne Arbeitsplatz ab jetzt für immer überschattet sein würde.

Sie stand im Spiegelsaal, den Wischer bereits in der Hand. Aber sie konnte nicht anfangen. Sie sah in die Richtung des Gangs, der zum Schlafzimmer führte. Und sie wusste, dass sie noch einmal dorthin gehen musste. Sie lauschte, ob vielleicht ein anderer Kollege in einem der Nebenräume war, aber sie hörte niemanden.

Das Schlafgemach sah so aus, als wäre nichts

geschehen. Nur einer der beiden schweren Kerzenleuchter, die auf der Kommode gestanden hatten, fehlte. Bestimmt hatte die Polizei ihn mitgenommen.

Wer hatte ihn gestern wohl in den Händen gehalten? Wer hatte damit ausgeholt und …

Frau Maier atmete tief durch. Sie dachte an die hasserfüllte Ehefrau. Sie dachte an den Chef, der sich um den reibungslosen Ablauf im Betrieb, nicht aber um eine Gedenkfeier gekümmert hatte.

Sie war plötzlich unendlich traurig. *I'm so lonely, I could die.* Der Konny war gestorben und scheinbar gab es niemanden, der sich wirklich darum scherte. Außer die Vroni vielleicht. Und es gab sogar jemanden, der sich darüber freute. Seine Frau.

Schnell ging Frau Maier zurück in den Spiegelsaal und begann mit dem Wischen. Aber so sehr sie sich auch auf den glänzenden Parkettboden zu konzentrieren versuchte, ihre Gedanken schweiften immer wieder ab. Sie hielt inne. Aber war es wirklich nur mangelnde Konzentration? Sie spürte das Kribbeln in ihrem Nacken. Und sie spürte, wie sich die feinen Härchen auf ihren Armen aufrichteten. In diesem Moment wusste sie es: Sie war nicht alleine hier. Langsam und nach außen hin ganz ruhig sah Frau Maier sich im Saal um. Die vielen Lüster und Leuchter spiegelten sich hundertfach, aber so sehr sie sich anstrengte, sie konnte dazwischen niemanden erkennen.

All ihre Sinne hatten auf Alarm geschaltet. Frau Maier war in solchen Momenten wie ein Raubtier. Nichts entging ihr: keine Bewegung, kein Geräusch, kein Geruch. Wie die Katze, dachte sie, und ging scheinbar gemächlich ans Ende der Galerie, wo sich ein kleiner separater Saal anschloss. Hier konnte sich leicht jemand verstecken. Kurz durchzuckte sie der Gedanke an eine Hand mit einem schweren Kerzenleuchter. Woher wusste sie, dass nicht genau diese Hand dort auf sie wartete? Sie wusste es nicht. Aber die Neugier zog sie unaufhaltsam weiter.

Sie umklammerte den Wischer fester und betrat mit einem schnellen Satz den kleinen Spiegelsaal. Sie hoffte, dass die Hand mit dem Leuchter sie so verfehlen würde, falls sie hinter der Tür lauern sollte. Ein schneller Blick – der Saal war leer. Frau Maier atmete auf. Jetzt musste sie das gleiche Spiel nur noch mit dem kleinen Saal am anderen Ende der Galerie machen, bevor sie sich hoffentlich endlich auf ihre Arbeit konzentrieren konnte. Als sie den Raum gerade verlassen wollte, fiel ihr auf, dass eine der kleinen Sitzbänke nicht ganz genau in Reih und Glied mit den anderen Bänken stand. Das missfiel ihrem Ordnungssinn so sehr, dass sie schnell hingehen musste, um den Fehler geradezurücken.

Sie stutzte. Sie kniff die Augen zusammen. Prüfend sah sie zum Fenster. Eigentlich war es hell draußen, die Sonne schien und alles im Saal war gut zu erkennen. Sie beugte sich weiter vor. Nein, es stimmte definitiv: Alle Bänke waren mit lila Samt bezogen, aber diese kleine Sitzbank hier war einen Hauch dunkler als die anderen. Kaum erkennbar, aber für Frau Maiers scharfe Augen eindeutig sichtbar.

Langsam ging sie durch den langen Spiegelsaal zurück in Richtung des anderen Endes. Offensichtlich war auch die Bank restauriert worden. Aber warum nur die eine? Warum waren alle anderen in ihrem alten Zustand belassen worden – leicht verblichen?

„Du spinnst", raunte Frau Maier. Das war eindeutig wieder ein Moment, in dem sie streng mit sich selbst sein musste, bevor sie sich in etwas verrannte. „Du bist schließlich keine Expertin. Vielleicht war der Stoff dieser einen Bank völlig zerschlissen. Oder irgendwer hat aus Versehen etwas drüber gekippt. Kaffee zum Beispiel."

Aber wer sollte im kleinen Spiegelsaal Kaffee trinken? „Natürlich!“ Frau Maier langte sich an den Kopf. Es hatte jemanden gegeben, der sich bestimmt über die Verbote für die Normalsterblichen – *Im Schloss nichts essen und trinken! Nicht in die Sessel setzen! Keine Gegenstände berühren!* – hinweggesetzt hatte. Sie stellte sich den Freiberger Konny vor, wie er in seinem Königsmantel auf der samtenen Bank Kaffee getrunken hatte. Sie lächelte. Die Vorstellung gefiel ihr.

In diesem Moment hörte sie es. Ein leises Schleifen über das Parkett. Das Klimpern von Kristall, das von einem Lufthauch bewegt worden war. Sie fuhr herum, dieses Mal weder ruhig noch bedächtig. Auch ihre Gelassenheit hatte Grenzen.

Und da sah sie ihn. Er verschwand gerade im Korridor Richtung Schlafzimmer, aber der lange Mantel war unverwechselbar. Ein Mantel aus blauem Samt. Gesäumt mit weißem Hermelin.

Einen Augenblick lang war Frau Maier wie erstarrt. Doch dann setzte sie sich, ohne weiter nachzudenken, in Bewegung. In einem für sie enormen Tempo rannte sie der Erscheinung nach. Den Korridor entlang. Durchs Schlafzimmer. Durch das Arbeitszimmer und den Speisesaal. Im großen Treppenhaus blieb sie völlig außer Atem stehen.

Die Gestalt war weg. Vom Erdboden verschluckt. Einfach weg. Frau Maier spürte, dass ihre Beine zitterten, aber nicht nur die ungewohnte sportliche Einlage war daran Schuld. Sie ließ sich auf den Boden sinken und versuchte, ruhig zu atmen. *Der Freiberger Konny ist tot.* Sie hatte ihn mit eigenen Augen da liegen sehen. Aber wer war dann die Gestalt im Samtmantel gewesen? Ihr Herz hämmerte in ihrer Brust. *Tote kommen nicht zurück.* Ganz sicher. Frau Maier schüttelte energisch ihren Kopf. Sie hatte immer nur an Dinge geglaubt, die sie mit ihren eigenen Augen sehen konnte. *Aber ich habe ihn gesehen.* Sie schloss die Augen. Sie sah offenbar tatsächlich Gespenster, so wie sie es gestern ihrem Chef gesagt hatte. Das hatte eigentlich ein Scherz sein sollen … „Ein missglückter Scherz“, murmelte sie.

Nein. „Gespenster gibt es nicht!“, sagte Frau Maier laut und mit fester Stimme. Wenn sie jemanden im Hermelinmantel gesehen hatte, dann konnte das nur eines bedeuten: Jemand versuchte, den Freiberger Konny zu imitieren. Warum auch immer.

IV

„Frau Maier, ist Ihnen nicht gut? Soll ich den Flori rufen?“ Veronika Mittermaier lief die Treppe hoch. Frau Maier hatte sich gerade mühsam wieder hingestellt, aber sie war immer noch außer Atem.

„Den Flori?“, fragte sie, um ein bisschen Zeit zu gewinnen und ruhiger zu werden. Obwohl sie natürlich wusste, wer gemeint war.

„Der Rettungssani. Der, der gestern den Konny …“ Veronika Mittermaier stockte.

„Nein, nein, schon gut“, erwiderte Frau Maier. Sie hatte es tatsächlich geschafft, ihren Atem unter Kontrolle zu bekommen. So weit kam es noch, dass sie sich als alte Omi von einem jungen Studenten versorgen lassen musste. „Es ist alles in Ordnung, wirklich.“

Die Vroni schaute etwas skeptisch drein, aber dann sagte sie: „Ich fühle mich ehrlich gesagt selber nicht fit. Das war einfach alles zu viel. Und dann noch die Begegnung mit der Freiberger …“ Die junge Frau schauderte, als sie dran dachte.

„Furchtbar!“ Frau Maier nickte. „Übrigens wollten Sie mir gestern noch erzählen, warum aus der Scheidung nichts geworden ist.“ Sie sah die junge Kollegin interessiert an und hoffte, dass sie ihre Gesprächsbereitschaft nicht verloren hatte. Dieses Mal wurde sie enttäuscht.

„Das geht gerade nicht, Frau Maier. Ich bin eigentlich nur hochgeschickt worden, um Sie zu holen. Der Kommissar will Sie noch einmal sprechen."

V

Frau Maier fühlte sich äußerst unbehaglich, als sie erneut das Büro ihres Chefs betrat, das wie gestern zum Verhörzimmer umfunktioniert worden war. Sie hatte nicht gewusst, dass der Kommissar noch einmal ins Schloss kommen würde. Und sie hatte keine Ahnung, warum er ausgerechnet sie noch einmal sprechen wollte. Hatte er sich vielleicht mit dem Kollegen Brandner kurz geschlossen? Waren sie zufällig darauf gekommen, dass eine gewisse Frau Maier die Leiche entdeckt hatte?

Die Stimme von Kommissar Förster durchbrach ihre Gedanken. „Frau Maier, vielen Dank, dass Sie sofort gekommen sind. Setzen Sie sich doch bitte."

Er war wieder so höflich wie gestern. Frau Maier entspannte sich. Ihr fiel auf, dass der Kommissar heute alleine hier war, ohne den jüngeren Kollegen. Nun gut.

Sie atmete durch. Sie musste jetzt vor allem harmlos und unauffällig wirken. Dann gäbe es keinen Grund, Erkundigungen über sie einzuholen. Und dann war es sehr unwahrscheinlich, dass der Brandner doch noch ins Spiel käme.

„Wie kann ich Ihnen behilflich sein?" Sie lächelte den Kommissar freundlich an.

„Nun ja, ich wollte mich einfach noch einmal mit Ihnen unterhalten. Sie haben ja so etwas wie eine Sonderstellung hier."

Sonderstellung? Das klang nicht gut. Das klang nicht unauffällig. Sie beschloss, erst einmal nichts zu sagen, und lächelte einfach weiter.

„Na ja, erstens haben Sie die Leiche gefunden." Frau Maier nickte. „Und zweitens ..." Der Kommissar suchte nach den passenden Worten. „Sie sind doch neu hier. Eine Außenseiterin." Als hätte er erst beim Aussprechen des Wortes bemerkt, dass es sehr negativ klang, fügte er eilig hinzu: „Ich will damit sagen, dass Sie noch einen unverbrauchten Blick von außen auf die ganze Situation haben. Die Belegschaft und so weiter. Aus so einem Blickwinkel sieht man oft mehr, als wenn man schon mittendrin steckt."

Frau Maier nickte wieder.

„Und da wollte ich Sie einfach bitten, die Augen offen zu halten. Bitte informieren Sie mich sofort, wenn Ihnen hier irgendetwas komisch vorkommt."

Frau Maier dachte an den Riss im Thron und an den etwas dunkleren Samtbezug auf der kleinen Sitzbank. Vor allem aber dachte sie an die Erscheinung, die sie gerade gehabt hatte. Ihr kam hier definitiv so einiges komisch vor. Aber sie sagte nur: „Ja, natürlich. Ich kann Ihnen auf jeden Fall schon einmal sagen, dass ich gestern die Ehefrau des Verstorbenen unten am Steg getroffen habe. Aber da waren ja auch zwei Kollegen von Ihnen dabei. Sie wissen das bestimmt schon alles."

Der Polizist nickte. „Ich wurde informiert, ja. Und wir haben Frau Freiberger natürlich ausführlich vernommen. Aber sie war es nicht."

Frau Maier hakte blitzschnell ein. „Nein?", fragte sie in einem möglichst harmlosen Tonfall.

„Nein, sie hat ein Alibi. Die Tatzeit wird auf etwa halb acht am Morgen geschätzt. Am Abend vorher war aber eine Freundin bei ihr und hat auch bei ihr übernachtet. Sie hat ausgesagt, dass Frau Freiberger die ganze Zeit da war. Offensichtlich hat die Freundin sogar mit im Ehebett geschlafen." Er zuckte kurz mit den Achseln.

„Tja, und nach eigenen Angaben hat sie keinen sehr festen Schlaf und hätte es auf jeden Fall bemerkt, wenn Frau Freiberger aufgestanden wäre. Als wir Frau Freiberger am Morgen angerufen haben, war sie in ihrer Wohnung auf dem Festland drüben und hat gerade mit dieser Freundin gefrühstückt. Sie ist dann gleich gekommen. Sehr kooperativ."

Wahnsinnig kooperativ, dachte Frau Maier. *Ich dachte, man muss im Verhör immer die Wahrheit sagen.* Wie spöttisch Sylvia Freiberger geklungen hatte.

Offenbar hatte ihr Gesichtsausdruck mehr verraten, als sie beabsichtigt hatte, denn der Kommissar ergänzte: „Natürlich behalten wir Frau Freiberger im Auge, keine Sorge. Die Ermittlungen sind ja längst nicht abgeschlossen." Er raufte sich das etwas schüttere Haar. Er hatte offenbar noch nicht bemerkt, dass er gerade Interna an eine Außenstehende weitergab. Diskretion ist nicht gerade sein zweiter Vorname, dachte Frau Maier. Aber er ist wirklich nett.

„Halb acht Uhr morgens", überlegte sie laut. „Und ich habe ihn um kurz nach acht gefunden. Er lag also schon da, als wir alle an die Arbeit gegangen sind." Sie fröstelte bei dieser Vorstellung.

Der Kommissar nickte. „Wer immer das war,

kennt sich aus im Schloss. Kennt die Geheimgänge und …" Er unterbrach sich. Jetzt hatte er endlich registriert, dass er die ganze Zeit schon aus dem Nähkästchen plauderte. „Na gut, Frau Maier, also vielen Dank für Ihre Zeit. Und Sie denken an mich, wenn Sie etwas beobachten? Hier ist meine Karte. Da steht auch meine Handynummer drauf."

„Natürlich!" Frau Maier nahm die Visitenkarte, nickte freundlich und stand auf, um das Büro zu verlassen.

„Das ist mein erster großer Fall, wissen Sie", sagte der Kommissar und lächelte sie an. Sie nickte ihm noch einmal zu und dachte: Und hoffentlich nicht dein letzter. Sie hoffte es wirklich, denn sie mochte ihn. Sie hatte nur den Eindruck, dass er etwas zu vertrauensselig war.

„Noch etwas, Frau Maier", sagte da der Kommissar, als sie die Türklinke bereits in der Hand hatte, und sie drehte sich um. „Im Haus des Toten haben wir einen Schuhkarton mit Bargeld gefunden. Sehr viel Bargeld für einen Hilfsgärtner. Wissen Sie etwas darüber? Gibt es irgendwelche Gerüchte darüber im Schloss?"

Frau Maier schüttelte den Kopf. „Nein, darüber habe ich nichts gehört." Aber es ist sehr interessant, fügte sie in Gedanken hinzu. Danke für die Information! Als sie die Tür hinter sich schloss, konnte sie sich ein Lächeln nicht verkneifen. Hatte sie tatsächlich gerade den Auftrag bekommen, für die Polizei ein bisschen zu schnüffeln? Wenn das der Brandner wüsste! Und wenn der Kommissar Förster wüsste, dass er gerade den Bock zum Gärtner gemacht hatte!

VI

Sehr lange hielt Frau Maiers Amüsement nicht an. Als sie später nach ihrer Schicht und nach der Extraschicht in der Cafeteria mit müden Beinen und ihrer kleinen Reisetasche den Weg durch das Wäldchen entlangstapfte, grübelte sie noch einmal über das Gespräch mit dem Kommissar nach. Irgendwie kam ihr das alles komisch vor. Warum hatte er sie so ins Vertrauen gezogen? Alleine, ohne die Anwesenheit eines weiteren Kollegen? Wirkte sie auf ihn tatsächlich so harmlos? Oder …

Frau Maier blieb stehen. Oder das Gegenteil war der Fall. Natürlich! Wieso war ihr das nicht gleich aufgefallen. Sie trat ihre neue Arbeitsstelle im Schloss an und sofort passierte ein Mord. An ihrem zweiten Tag. Das machte sie doch eigentlich automatisch verdächtig! Oder? Vielleicht hatte der Kommissar sie mit diesem Gespräch nur einlullen wollen, in Sicherheit wiegen, während er sie längst im Visier hatte …

Frau Maier blickte sich angespannt um, so als würde jeden Moment ein Sondereinsatzkommando der Polizei auf den beschaulichen Waldweg springen und sie festnehmen. „So ein Blödsinn!" Sie wischte sich die Schweißperlen von der Stirn. Gespenster, wohin sie auch schaute.

VII

Die Abendsonne tauchte die Insel in sanftes Licht. Die Hitze ließ allmählich nach und es war, als würden Menschen, Tiere und Pflanzen erleichtert aufatmen. Entspannung lag in der Luft. Ein Tuten klang vom See her hinüber. Das Signal, dass gleich wieder ein Dampfer mit Touristen ablegen würde.

Wie gerne würde sie mitfahren. Heim in ihr Haus am See. Heim zur Katze.

Frau Maiers Blick fiel auf einen Wegweiser zu den Ställen. Sie konnte nicht widerstehen und bog ab. Sie liebte Pferde. Und sie wurde nicht enttäuscht: Ein braunes Pferd, das gemütlich auf der Koppel graste, hob den Kopf, als Frau Maier leise mit der Zunge schnalzte, und kam angetrabt. Frau Maier streckte ihre Hand aus und ließ das Pferd mit seinen weichen Nüstern daran schnuppern. „Du Schöner, du“, sagte sie leise, und rieb sanft seine Stirn. Das Pferd schnaubte anerkennend und legte seinen Kopf auf ihre Schulter. Sie schloss die Augen und atmete in tiefen Zügen den Geruch ein. Er war ihr so vertraut, immer noch. Obwohl es so lange her war. So lange, dass sie sich bewusst gar nicht mehr daran erinnern konnte. Aber ihre Sinne erinnerten sich. Ihr Tastsinn an die weichen Nüstern. Ihr Gehör an das beruhigende Schnauben. Und ihr Geruchssinn an den warmen Duft. „Du warst eine richtige Pferdenärrin“, hatte die Mutter ihr oft erzählt. *In der Heimat.* Bevor sie weg mussten. Bevor sie nach Kauzing am großen See gekommen waren.

Als sie sich nach einer langen Weile losreißen konnte, fühlte sie sich wesentlich besser. Sie wollte gerade zurück zum Hauptweg gehen, als sie schräg hinter dem lang gezogenen Stallkomplex ein kleines Haus entdeckte. *Er hat im Kutscherhäusl gehaust.* Vronis Stimme. Langsam ging sie auf das Haus zu. Die Tür war versiegelt, sie sah das Absperrband der Polizei. Das musste also tatsächlich das richtige Haus sein. Sie umrundete es. *Die Fenster schließen nicht, es ist feucht, der Strom fällt ständig aus.* Frau Maier drehte sich um und spähte mit angehaltenem Atem in alle Richtungen. Dann ging sie zu einem Fenster auf der Rückseite des Kutscherhäusls und drückte dagegen. Es gab nach.

VIII

Weil Frau Maier nicht ganz schlank war, und weil ihr 60. Geburtstag schon eine ganze Weile zurücklag, war es für sie gar nicht so einfach, durch das Fenster zu klettern. Nicht zum ersten Mal wunderte sie sich, welche Kräfte und Fähigkeiten sie entwickelte, wenn die Neugier mit ihr durchging. *Kriminelle Energie,* würde der Brandner es vermutlich nennen. Und er hatte Recht. Sie war immerhin gerade dabei, in ein fremdes Haus einzubrechen. Noch dazu in eines, das von der Polizei versiegelt worden war. Doch so sehr sie sich auch bemühte, es wollte kein rechtes Schuldbewusstsein aufkommen. Die Aufregung war stärker.

Schwer schnaufend sah sich Frau Maier um. Das Haus bestand im Erdgeschoss aus einem etwas größeren Raum. Hier befanden sich ein Herd mit zwei Kochplatten, ein Klappbett und ein kleiner Tisch mit nur einem einzigen Stuhl. Offensichtlich war hier grundsätzlich kein Besuch erwartet worden. *So lonely. So lonely, they could die.*

Ein kleiner Gang führte zum Badezimmer. Die Treppe in den ersten Stock endete vor einer Mauer. Offenbar war der erste Stock nicht benutzbar. Am anderen Ende des Flurs gab es noch ein Zimmer. Frau Maier öffnete die Tür und hielt die Luft an.

Die Wände des kleinen Raumes waren voll mit Bildern, Postkarten und Postern, die alle den König in verschiedenen Phasen seines Lebens zeigten. Ein Andachtsraum, dachte sie. Wohin man auch schaute, man sah den König. Als jungen Mann in Uniform. In einem weißen Schlitten. In einem Boot, umgeben von Schwänen. Und natürlich im blauen Samtmantel mit dem weißen Hermelinkragen. Sie trat näher an das Bild heran und musterte es.

Der König war darauf nicht mehr ganz jung. Er sah ernst aus, fast böse, und blickte am Betrachter vorbei auf einen unbestimmten Punkt in der Ferne. Seine Haare wurden von einem unsichtbaren Wind verweht, sie standen wirr von seinem Kopf ab. Auch sein Bart wirkte wild und ungepflegt. Der König war blass, und bei näherem Hinsehen schien es Frau Maier, als ob seine Augen ein wenig blutunterlaufen waren. Er sah nicht nur entrückt aus, sondern fast verrückt. Interessant, dass der Konny sich genau diesen Mantel geschneidert hat, dachte Frau Maier. Wahrscheinlich hatte er sich mit diesem Bild des Königs besser identifizieren können als mit dem des strahlenden jungen Mannes zum Zeitpunkt der Krönung und zu Beginn der Regentschaft. Frau Maier konnte sich vom düsteren Antlitz des Königs kaum losreißen.

Plötzlich ein leises Knacken. Da war ein Geräusch vor dem Fenster. Sie zuckte zusammen. Für einen ganz kurzen Augenblick befürchtete sie, es könnte tatsächlich der König sein, der ihr schon wieder in seinem Mantel nachgeschlichen war. Sie blickte in das bleiche Gesicht mit den rot geränderten Augen und schluckte. „So ein Schmarrn", flüsterte sie dann. Nicht zu fassen, dass sie auch nur eine Sekunde lang wirklich an ein Gespenst geglaubt hatte. Sie spitzte ihre Luchsohren, aber jetzt war es ganz still.

Sie konzentrierte sich wieder auf den Raum und sah sich weiter um. In der Mitte standen zwei nackte Schaufensterpuppen. Frau Maier fröstelte, als sie in die eigenartigen Gesichter mit den aufgemalten, leeren Augen sah. Vor jeder der

Puppen stand ein kleines Schild. In Schönschrift stand auf dem einen *Königsmantel I* und auf dem anderen *Königsmantel II. Er hat sich eigenhändig einen Königsmantel geschneidert*, das hatte die Vroni gesagt. Offenbar nicht nur einen. „Anscheinend hat der Konny zwei dieser Mäntel besessen", sagte Frau Maier nachdenklich. Warum? Zum Wechseln? Oder weil ihm das Schneidern Freude bereitete? Oder weil er mit dem ersten Mantel nicht zufrieden gewesen war?

In der Ecke entdeckte sie eine alte Nähmaschine, daneben Reste von blauem Samt und weißem Pelz. Vorsichtig strich Frau Maier darüber. Beide Stoffe waren aus billiger Synthetik. Faschingsstoffe. Sie wusste nicht, warum, aber in diesem Moment machte sie das unendlich traurig. Was hatte sie denn erwartet? Teuren Samt und echten Pelz? „Geh' leise, denn Du gehst auf meinen Träumen", wisperte sie. Die Träume vom Konny waren letztendlich nur aus billigem Synthetikstoff gewesen.

Als sie das Zimmer wieder verlassen wollte, stutzte sie. An der Innenseite der Tür hing eine Pinnwand. Darauf waren natürlich Postkarten vom König und seinen Schlössern befestigt. Aber mittendrin hing auch ein Foto. Offensichtlich hatte der Konny es aus der Zeitung ausgeschnitten. Zwei Männer waren darauf zu sehen, einen davon kannte Frau Maier. Er lächelte in die Kamera, während der andere auf den Boden schaute. „Im Schloss übernimmt mit Oliver Schachner (im Bild links, daneben sein Bruder, der Kunsthandwerker Simon Schachner) der jüngste Chef in der Geschichte der Schlossverwaltung ab jetzt das Ruder“, so lautete die Bildunterschrift. Frau Maier stand lange vor der Pinnwand und betrachtete das Foto. Was sie daran irritierte, waren aber weder die Aufnahme selbst, noch der Text darunter. Es war die Tatsache, dass in den Köpfen der beiden Brüder je eine Pinnnadel steckte. Eine rote. Mitten in der Stirn.

IX

Plötzlich merkte Frau Maier, dass sie dringend auf die Toilette musste. „Sehr passend“, stellte sie fest. Was für ein ungünstiger Zeitpunkt. Sie betrat das kleine Badezimmer. Konnte sie es wirklich wagen, hier einfach die Toilette zu benutzen? Nein, auf keinen Fall. Das erschien ihr doch sehr unhöflich, auch wenn der Freiberger Konny tot war, und es ihm vermutlich nichts mehr ausmachte. Nein. Sie würde wieder nach draußen klettern und sich einen Busch suchen.

Doch in diesem Moment fiel ihr Blick auf einen Stapel Zeitungen auf dem Boden neben der Toilette. Aus irgendeinem Grund weckten sie ihre Neugier.

„Es sind nur alte Zeitungen“, flüsterte sie, aber sie fing trotzdem an, sie durchzublättern. Eigenartig. Auf manchen Seiten war etwas ausgeschnitten. Sie dachte an das Foto an der Pinnwand. Und sie dachte daran, dass sie selbst die Angewohnheit hatte, Todesanzeigen und andere Artikel aus der Zeitung auszuschneiden und aufzuheben. Sie schluckte. Noch eine Ähnlichkeit mit Konny, dem Einsiedler und Sonderling. Manchmal schienen nur einzelne Buchstaben ausgeschnitten worden zu sein, manchmal Textstellen. Keine ganzen Artikel. Keine Bilder. Einfach Textstücke. Seltsam.

Sie ging den Stapel Zeitung für Zeitung durch. Plötzlich hielt sie inne. Was war das? Diese Zeitung fühlte sich irgendwie anders an, fester und dicker. Frau Maier schlug sie auf. Zwischen den Seiten lag ein Blatt Papier. Ein Brief. Ihr Herz klopfte schneller. Hatte die Polizei da etwa ein wenig schlampig gearbeitet?

Oben auf dem Briefkopf stand als Absender

Anwaltskanzlei Stöcklein & Berger. Adressiert war das Schreiben an den Konny.

Sehr geehrter Herr Freiberger,

wenn Sie die Scheidung von Ihrer Ehefrau, Sylvia Freiberger, geborene Müller, herauszögern wollen, sehe ich für uns folgende Vorgehensweise: Da als Ihr Wohnsitz noch die gemeinsame Wohnung mit Ihrer Frau gemeldet ist, und Sie nur wegen Ihrer Arbeit auf der Insel wohnen, können wir bestreiten, dass ein Trennungsjahr eingehalten wurde bzw. überhaupt begonnen hat. In diesem Fall müsste Ihre Frau durchsetzen, dass Sie Ihren Wohnsitz ummelden – was einige Zeit in Anspruch nehmen könnte – und erst dann könnte das Trennungsjahr beginnen. Wenn Sie wünschen, wird unsere Kanzlei Ihrer Frau ein Schreiben mit entsprechendem Inhalt unverzüglich zukommen lassen. Bitte lassen Sie sich von Ihrem Arbeitgeber bestätigen, dass für Ihre Arbeit die Anwesenheit auf der Insel vonnöten ist (z. B. dass Sie auch abends oder früh morgens verfügbar sein müssen).

Mit besten Grüßen,
RA Christian Stöcklein

Frau Maier schaute auf das Datum. Der Brief war zwei Wochen alt. Wenn der Konny zugestimmt hatte, dann hatte die Furie wohl in den letzten Tagen Post vom Anwalt bekommen.

Warum hatte der Konny die Scheidung verhindern wollen? Sie konnte sich nicht vorstellen, dass er sich noch Hoffnungen auf einen Neuanfang mit seiner Frau gemacht hatte. Sie musste morgen früh sofort die Vroni noch einmal danach fragen.

Sorgfältig verstaute sie den Brief wieder zwischen den Zeitungen und legte den Stapel genauso hin, wie sie ihn vorgefunden hatte. Dann machte sie sich daran, wieder durchs Fenster auszusteigen, was ihr einige Mühen bereitete.

Als sie schnaufend mit dem Rücken an der Hauswand lehnte, stellten sich plötzlich die Härchen an ihren Armen wieder auf, und sie spürte einmal mehr wie ihr Körper in höchste Alarmbereitschaft versetzt wurde. Sie hörte Schritte. Und Stimmen. Auf der anderen Seite des Hauses. Und sie kannte diese Stimmen!

„Was machen Sie denn hier?" Der Kommissar klang etwas schärfer, als Frau Maier ihn bisher kennen gelernt hatte. Sie wollte sich nicht ausmalen, wie scharf er erst klänge, wenn er entdecken würde, dass sie hier eingebrochen war.

„Ich bin auf dem Heimweg und drehe abends gerne noch eine kleine Runde über die Insel", antwortete Oliver Schachner. Frau Maier fiel auf, dass sie gar nicht wusste, ob er auf der Insel oder auf dem Festland wohnte.

„Ich bin eigentlich auch auf dem Heimweg", sagte der Kommissar, jetzt wieder im üblichen freundlichen Tonfall. „Ich wollte nur noch einmal schauen, ob hier alles in Ordnung ist. Immer noch versiegelt und so weiter." Er hat immerhin einen guten Instinkt, der Kommissar, dachte Frau Maier, und ihr Herz fing von Neuem an zu rasen.

„Übrigens", fügte er noch hinzu, „der zweite Mantel ist nirgends auffindbar. Eventuell hat es ihn nie gegeben. Vielleicht wollte Herr Freiberger ihn erst noch anfertigen und hatte nur schon die Puppe. Konnte Ihnen denn irgendjemand von der Belegschaft dazu etwas sagen? Sie wollten sich doch umhören."

„Leider nein", erwiderte Oliver Schachner, „niemand weiß, wie viele Mäntel es gegeben hat."

„Vielleicht spreche ich noch einmal mit der jungen Schlossführerin, Frau Mittermaier. Sie scheint die Einzige gewesen zu sein, die sich wirklich mit dem Herrn Freiberger unterhalten hat."

„Ja, sie hat so eine soziale Ader. Helfersyndrom, Sie verstehen?“ Oliver Schachner lachte. Es klang ein wenig abfällig.

„Nein, ich verstehe nicht. Für mich klingt das eher nach Kollegialität. Nach Freundlichkeit.“ Der Kommissar war jetzt sehr kühl. „Bitte entschuldigen Sie mich, ich mache noch einen Gang ums Haus.“

Frau Maier hatte den Eindruck, dass ihr das Blut in den Adern gefror. Gerade noch hatte sie dem Kommissar innerlich Beifall geklatscht, aber jetzt verfluchte sie ihn für sein Pflichtbewusstsein.

Ihr blieb nichts anderes als die Flucht. So schnell und so leise sie konnte, lief sie los. Sie musste etwa zwanzig Meter zurücklegen, bis sie einen Busch erreicht hatte, hinter dem sie sich verstecken konnte. Sie hoffte inbrünstig, dass ihr Chef noch irgendeine Antwort auf Lager hatte, die lange genug dauern würde, um ihr die nötige Zeit zu verschaffen.

Sie hatte Glück. Erst, als sie schnaufend hinter dem Busch kauerte, bog der Kommissar um die Ecke des Kutscherhäusls. Er prüfte das Fenster und fluchte, als es nachgab.

„Was für eine Schlamperei“, hörte sie ihn schimpfen, dann nahm er sein Handy und begann zu telefonieren. Frau Maier zog sich weiter ins Gebüsch zurück. Plötzlich war ihr wieder eingefallen, wieso sie sich eigentlich vor zwanzig Minuten schon einen Busch hatte suchen wollen.

Sie bemerkte die Gestalt nicht, die einige Meter weiter ganz still neben einem Baum stand und unverwandt zu ihr herüber starrte.

X

Das Zimmer, in dem sie übernachten sollte, lag im sogenannten alten Schloss. Es war eigentlich gar kein Schloss, sondern ein ehemaliges Kloster, aber der Begriff hatte sich so eingebürgert, weil der König ein paar Mal dort übernachtet hatte.

Am Ende eines langen Korridors mit vielen Türen auf beiden Seiten blieb die junge Schlossführerin, die Frau Maier einweisen sollte, stehen.

„Das ist es", sagte sie freundlich und stieß die Tür auf. Die knarzte leise.

„Dankeschön, äh …"

„Anja", sagte die nette Schlossführerin. Sie hatte raspelkurze, blonde Haare und blaue Augen.

„Anja. Sind Sie eine Freundin von der Vroni?"

Anja strahlte. „Ja, klar. Die Vroni übernachtet manchmal bei uns, wenn sie keine Lust hat, abends aufs Festland zu fahren. Wir Schlossführer wohnen den Sommer über im anderen Seitenflügel. Also die Schlossführer, die von weiter weg kommen, und nicht gleich drüben auf dem Festland wohnen, so wie die Vroni." Anja lächelte Frau Maier noch einmal freundlich an. „Besuchen Sie uns doch abends auf ein Glas Wein, wenn Sie sich einsam fühlen." Mit diesen Worten winkte sie kurz und verschwand im langen Gang.

Wenn Sie sich einsam fühlen. Sie fühlte sich jetzt schon einsam. Sie konnte nicht genau sagen, woran es lag, aber ihr war in diesem Raum nicht ganz wohl. Das Zimmer war recht groß und sehr spartanisch eingerichtet. Ein Bett, ein Stuhl, ein Schrank. Ein kleines Badezimmer. Frau Maier trat ans Fenster. Der Ausblick war wunderschön: Vor ihr erstreckte sich der blitzblaue See hinter der grünen Sommerwiese. Sie konnte das Kloster mit den Zwiebeltürmen drüben auf der anderen Insel sehen.

Aber obwohl draußen die Sonne strahlte, war es hier drinnen irgendwie düster. Und kalt. Frau Maier öffnete die knarzende Zimmertür noch einmal und blickte den verlassenen Gang hinab. *Wir wohnen im anderen Flügel*, hatte die Anja gesagt. Bedeutete das, dass in diesem Flügel niemand wohnte? Dass hinter all den anderen Türen nichts war? Oder zumindest niemand? Schnell ging Frau Maier zur Tür neben ihrem Zimmer. Sie lauschte. Nichts zu hören. Sie klopfte. „Hallo?“ Nichts. Sie versuchte vorsichtig, die Klinke herunterzudrücken. Zugesperrt.

Sie wollte gerade wieder in ihr Zimmer gehen, da hörte sie es. *Frau Maier.* Das Flüstern war wieder da. *Frau Maier.*

Schnell machte sie die Tür hinter sich zu. Sie tastete nach einem Schlüssel, aber es war keiner da. Auch das noch. Seufzend schob Frau Maier den Stuhl unter die Klinke. Das würde wohl eine unruhige Nacht werden.

XI

Um kurz nach zehn hielt Frau Maier es einfach nicht mehr aus. Sie hatte ein karges Abendessen aus mitgebrachten belegten Broten gegessen, und sie hatte sich auf das Bett gelegt und versucht, zur Ruhe zu kommen. Es war ihr kein bisschen gelungen.

Das schlechte Gewissen plagte sie. Abgesehen davon, dass sie das Kutscherhäusl natürlich gar nicht erst hätte betreten dürfen, hätte sie zumindest später den Kommissar anrufen müssen.

Melden Sie sich, wenn Ihnen etwas auffällt. Sie schielte zur Visitenkarte, die auf dem Nachtkästchen lag. Aber was hätte sie denn sagen sollen? „Hallo, Herr Kommissar, ich bin heute durch das Fenster ins Kutscherhäusl eingestiegen und habe, als ich die alten Zeitungen auf der Toilette vom Herrn Freiberger durchgewühlt habe, ein interessantes Schreiben von einem Anwalt entdeckt." Nicht gut. Gar nicht gut. Auch wenn dieser Kommissar ganz anders war als der Brandner – diese Aktion würde auch er nicht ungestraft durchgehen lassen.

Frau Maier versuchte sich bequemer hinzulegen. Das Knie tat ihr weh. „Kein Wunder, wenn du durch Fenster kletterst, als wärst du ein Teenager", brummte sie. Als sie ihre eigene Stimme hörte, fiel ihr die Stille im Raum umso stärker auf. Und nicht nur in diesem Raum. Überall um sie herum. Wie weit wohl der andere Flügel entfernt war, in dem die Schlossführer wohnten? Ob sie jetzt gemütlich bei einem Wein zusammensaßen? Frau Maier spielte kurz mit dem Gedanken, tatsächlich hinzugehen. Aber nein. Das würde sie sich noch weniger trauen als den Kommissar anzurufen.

Sie setzte sich auf und stopfte das Kissen hinter ihren Rücken. Was würde sie jetzt zuhause tun? Die Katze streicheln. Elvis hören. Kochbücher durchblättern. Sie seufzte. Sie sehnte sich nach ihrem kleinen Haus am See. Und plötzlich wurde ihr bewusst, dass sie zum ersten Mal in ihrem Leben echtes Heimweh hatte. Ihre Eltern hatten ein Leben lang Heimweh gehabt.

Die Heimat. Verklärt, fast schon sagenumwoben durch die vielen Geschichten, die es über sie gab. Aber Frau Maier konnte sich an die Heimat nicht erinnern. Sie war noch zu klein gewesen, als sie wegmussten. Ihre Heimat war Kauzing. Eigentlich. Aber es hatte sich doch nie so angefühlt. Erst war sie die Fremde gewesen, keine Einheimische. Und dann, noch viel schlimmer, dann war die Sache mit dem Karli passiert … Frau Maier schloss die Augen. Sie wollte jetzt nicht auch noch an den Karli denken.

Sie schwang die Beine aus dem Bett. Als letztes Mittel gegen die Unruhe blieb ihr jetzt nur noch ein Spaziergang. Als sie sich die Schuhe anzog, wurde ihr wieder die große Stille um sie herum bewusst. „Besser diese Stille, als dass wieder jemand meinen Namen flüstert“, sagte sie entschlossen, um sich Mut zu machen. Entschlossen ging sie zur Zimmertür und trat in den langen, dunklen Korridor hinaus.

XII

Der Korridor war sogar ziemlich dunkel. Durch die Fenster fiel nur wenig trübes Mondlicht herein. Der Holzboden knarzte leise. Ansonsten war nichts zu hören.

Frau Maier schlüpfte durch die Tür am Ende des Gangs nach draußen in den Klostergarten und atmete auf. Hier war es ihr wesentlich wohler. Die Kräuter dufteten nach Sommer, es war noch sehr warm. Und es war auch hier sehr dunkel. Auf der Insel gab es keine nächtliche Beleuchtung. Außer den Schlossführern und den Aushilfen in der Hochsaison wohnte fast niemand mehr hier.

Sie ärgerte sich, dass sie ihre Taschenlampe nicht mitgebracht hatte, als sie vorsichtig den Garten durchquerte. Sie erreichte den Kiesweg, der zur Anlegestelle führte. Dort gab es eine Telefonzelle. Sie zögerte. Aber der Brief … Wenn Sylvia Freiberger die Scheidung unbedingt gewollt hatte, und wenn der Brief bedeutete, dass der Konny einen Weg gefunden hatte, die Scheidung herauszuzögern …

„Ein Motiv", flüsterte Frau Maier und machte sich mit neuer Entschlossenheit auf den Weg zur Telefonzelle.

Ihre Augen hatten sich jetzt an die Dunkelheit gewöhnt. Und als sie den geteerten Weg erreicht hatte, auf dem die Kutschen fuhren, und der direkt zum Steg führte, da sah sie auch die erleuchtete Telefonzelle. Doch plötzlich hielt sie mitten in einem Schritt inne. Was war das für ein Geräusch gewesen? Der See lag vollkommen still da, es konnte kein Rauschen oder Plätschern gewesen sein. Schritte?

Sie drehte sich um und spähte in die Dunkelheit. Hinter einem Busch sah sie etwas Weißes schimmern. Ihr Mund wurde trocken. War das ein weißer Pelzkragen? Ein Kragen aus Hermelin? Frau Maier wusste nicht, ob sie auf den Busch zugehen und nachschauen sollte, ob sie zur Telefonzelle laufen und den Kommissar verständigen sollte, oder ob sie am besten gleich zurück in ihr Zimmer rennen sollte. Und dann den Stuhl unter die Klinke schieben.

Keine der drei Optionen erschien ihr sonderlich attraktiv, und sie blieb einfach wie angewurzelt stehen. Sie hörte, wie laut sie atmete. Und sie sah, wie der weiße Fleck sich langsam entfernte. Sie glaubte, eine Gestalt zu erkennen. Eine Gestalt in einem langen Mantel.

Schnell ging sie zur Telefonzelle. Doch als sie dort angekommen war, bemerkte sie, dass sie die

Karte des Kommissars in ihrem Zimmer hatte liegen lassen. „Oh nein“, flüsterte sie. Auf ihrer Stirn hatten sich kleine Schweißperlen gebildet, aber es half nichts. Den Weg zurück zum Kloster musste sie jetzt wohl oder übel durchstehen. So leise und so schnell sie konnte, brachte sie Schritt für Schritt hinter sich. Sie zwang sich, sich nicht umzuschauen, obwohl der Impuls, es doch zu tun, fast übermächtig groß war. Frau Maier konzentrierte sich auf Fisch. Auf Fischgerichte. „Lachslasagne“, murmelte sie. „Ich muss unbedingt mal wieder Lachslasagne für Frank kochen. Zander mit Zitronenbutter. Gebratene Renke. Geräucherte Brachse.“ Sie schnaufte und schwitzte. Nur nicht umdrehen. „Hecht aus dem Ofen. Karpfen aus der Pfanne.“ Sie hatte den Klostergarten erreicht. Die Tür war in greifbarer Nähe.

Sie erstarrte. Da! Hinter einem Zierstrauch war die Gestalt wieder. Vom Mondlicht schwach erleuchtet, konnte sie sie jetzt deutlich erkennen. Blauer Mantel, weißer Kragen. Schwarze Haare. Nur das Gesicht konnte sie nicht sehen, die Gestalt kehrte ihr den Rücken zu.

Jetzt half kein Fisch der Welt mehr. Frau Maier rannte zur Tür, betrat den Korridor und schloss die schwere Holztür wieder hinter sich. Im Inneren des Klosters kam es ihr jetzt dunkler vor als draußen im Mondlicht, und sie kniff die Augen zusammen.

Aber als sie schon fast ihr Zimmer erreicht hatte, da wusste sie mit einem Mal, dass da noch jemand in diesem Gang war.

Sie hörte jemanden atmen.

Wie war es möglich, dass ihr die Gestalt so schnell gefolgt war? Sie hatte die Tür nicht gehört.

Gespenster. Gespenster können durch geschlossene Türen gehen. Durch Wände. Selbst durch die dicken Mauern eines alten Klosters. Frau Maier zitterte am ganzen Körper. Sie schrie auf, als etwas sie an der Schulter berührte. Sie stürzte in ihr Zimmer, schob den Stuhl unter die Klinke und ließ sich schwer atmend darauf sinken.

XIII

Lange Zeit blieb Frau Maier auf dem Stuhl sitzen. Ihr eigener Herzschlag, ihr Atem und das Rauschen in ihren Ohren waren so laut, dass es sinnlos war, nach Geräuschen draußen im Gang zu lauschen. Alles, was sie tun konnte, war, ruhiger zu atmen und nicht ohnmächtig zu werden.

Halb erwartete sie, dass die Gestalt im Königsmantel durch die verschlossene Tür geschwebt käme, und halb schimpfte sie sich in Gedanken für diese absurde Vorstellung aus.

Frau Maier spürte ein leichtes Rütteln in ihrem Rücken – dort, wo die Türklinke war. Versuchte da jemand, die Klinke herunterzudrücken? *Ruhig atmen. Ruhig atmen.* Sie schloss die Augen und dachte an den warmen Atem des Pferdes auf der Koppel. *Ruhig atmen.* Sie dachte an die samtigen Pfoten der Katze und an ihr gleichmäßiges Schnurren.

Das Rütteln hörte auf.

Frau Maier beschloss, trotzdem auf dem Stuhl sitzen zu bleiben. Ihre nicht ganz geringe Körperfülle erschien ihr als zusätzliche Blockade geeignet. Sie versuchte, ganz vernünftig zu denken. „Erstens, es gibt keine Gespenster", brummte sie. „Zweitens, daraus folgt, dass die Gestalt im Mantel ein Mensch war. Mit schwarzen Haaren. Oder mit einer Perücke." Sie zögerte. Ein großer Mensch, überlegte sie. Ein Mann. Oder? Die Furie am Steg tauchte vor ihrem inneren Auge auf. Eine große, stattliche Frau. Aber was sollte die nachts auf der Insel machen? Sie wohnte laut Vroni doch in einer schicken Wohnung auf dem Festland.

Frau Maier fröstelte. Sie lugte zum Bett. Sollte sie es wagen, den Posten an der Tür aufzugeben und sich hinzulegen? Sie zögerte. Nein. Noch nicht.

Je mehr sie überlegte, desto mehr war sie überzeugt, dass es sich bei der Gestalt im Samtmantel um Sylvia Freiberger gehandelt hatte. Ihr Bauchgefühl sagte es ihr. Und wer sonst hätte es sein sollen?

„Aber warum tut sie das?“, fragte Frau Maier in ihr dunkles Zimmer hinein. Vielleicht, um sich auch nach seinem Tod noch über ihren verhassten Ehemann lustig zu machen?

Sie musste dringend herausfinden, ob die Gestalt im Königsmantel seit Konnys Tod auch anderen Leuten auf der Insel begegnet war, oder nur ihr. Frau Maier hatte einen kalten Klumpen in ihrem Magen. Wenn die Gestalt nur ihr begegnet war, und niemandem sonst, dann würde das ja bedeuten, dass …

„Dass das Ganze etwas mit mir zu tun hat“, flüsterte sie. *Warum immer ich?* Aber sie wusste, warum. Wer war denn ins Kutscherhäusel eingestiegen? Wer versuchte denn, die Vroni auszuhorchen wegen der Scheidung? Wer konnte es denn vor lauter Neugier nicht lassen herumzuschnüffeln? Frau Maier seufzte.

Gerade, als sie endlich aufstehen wollte, um sich ins Bett zu legen, da durchzuckte sie mit voller Wucht ein neuer Gedanke. Ein unangenehmer Gedanke. So unangenehm, dass sie lieber doch auf dem Stuhl sitzen blieb. *Es gibt keine Gespenster.* Aber wenn es keine Gespenster gab, dann folgte daraus etwas sehr Beunruhigendes.

Die Person, die im Korridor gewesen war, die Person, deren Atem sie gehört hatte, konnte nicht die Gestalt im Königsmantel gewesen sein. Denn die hätte ja durch die geschlossene Tür kommen müssen. Das wiederum konnte dann aber nur bedeuten, dass zwei unterschiedliche Personen Frau Maier an diesem Abend beobachtet hatten.

„Na bravo", seufzte sie.

Fünftes Kapitel
Sonntag

I

Irgendwann war ihr Kopf doch zu schwer geworden, und sie hatte sich ins Bett gelegt und unruhig geschlafen. Als sie jetzt den Weg zum Schloss entlangging und die noch kühle Morgenluft einatmete, erschienen ihr die Ereignisse der Nacht tatsächlich wie ein Spuk.

„Also doch Gespenster", sagte sie und konnte schon wieder lächeln. Sie war erleichtert. Es war ihr nichts passiert. Und heute würde sie einen Weg finden, den Kommissar von dem Anwaltsschreiben in Kenntnis zu setzen und …

Ihr Blick fiel auf einen roten Punkt, mitten in der Wiese neben dem Fußweg. Frau Maier starrte angestrengt hin, bis sie erkennen konnte, was es war: der Verschluss einer Plastikflasche, den dort wohl jemand achtlos entsorgt hatte. Der rote Punkt begann, vor ihren halb zusammengekniffenen Augen zu flimmern. *Rot.* Plötzlich drangen die wirren Träume der letzten Nacht wieder in ihr Bewusstsein. Und sie stellte fest, dass darin weder ein Samtmantel noch ein Gespenst die Hauptrolle gespielt hatten. Nein, es waren zwei Gesichter gewesen. Zwei Gesichter, die von roten Nadeln durchbohrt wurden. Mitten durch den Kopf. *Blutrot.*

II

Fünfzehn, sechzehn, siebzehn. Heute war sie nicht dabei. Achtzehn, neunzehn, zwanzig. Aber das hatte er vorher schon gewusst. Zwanzig, einundzwanzig. Er wusste, wo sie war. Zweiundzwanzig, dreiundzwanzig. So, wie er immer wusste, wer auf der Insel war. Wer und wann und wo. Achtundzwanzig, neunundzwanzig.

III

„Wo ist denn die Vroni?", fragte Frau Maier, als sie nach der Schicht Anja im Gang zum Aufenthaltsraum traf.

„Ach, haben Sie es noch nicht gehört?" Etwas in Anjas Tonfall ließ Frau Maier aufhorchen.

„Gehört, was denn?" Sie klang plötzlich atemlos, obwohl sie nicht gerannt war.

„Die Vroni hatte einen Unfall mit dem Fahrrad. Heute Morgen. Sie fährt immer mit dem Fahrrad zum Schiff, und da muss sie ja den Berg runter. Und anscheinend haben ihre Bremsen nicht funktioniert. Sie ist gestürzt."

Frau Maier musste wirklich erschrocken ausgesehen haben, denn die junge Kollegin legte beruhigend die Hand auf ihren Arm. „Es sah aber viel schlimmer aus, als es ist, zum Glück. Sie hat eine leichte Gehirnerschütterung und sich die Hand verstaucht. Sie hat mir gerade schon eine Nachricht geschickt, sie wurde gleich wieder aus dem Krankenhaus entlassen. Ich besuche sie jetzt."

„Zum Glück!" Frau Maier schloss kurz die Augen. Sie merkte, wie gern sie die Vroni hatte.

„Ja, sie hat einen Schutzengel gehabt. Bis morgen!"

„Ich habe morgen frei. Bis übermorgen. Und ganz liebe Grüße an die Vroni."

Anja hatte schon das Ende des Gangs erreicht, aber sie drehte sich noch einmal um. „Danke, da wird sie sich freuen. Sie hat Sie ins Herz geschlossen, wissen Sie. Sie sagt, Sie erinnern sie so an ihre Oma."

Frau Maier lächelte. Der Seppi, der nette junge Mann, der im Supermarkt in Kauzing arbeitete, hatte schon einmal das Gleiche gesagt. *Alle erinnere ich an ihre Oma. Und dabei bin ich gar keine Oma und werde auch keine mehr.* Ihre Augen brannten, und sie schüttelte sich kurz.

IV

Als Frau Maier auf dem Dampfer saß, der von der Insel ablegte, und Kurs auf Kauzing nahm, spürte sie eine große Erleichterung. Sie kam wieder nach Hause. „Nach Hause“, sagte sie leise vor sich hin und lauschte dem Klang der Worte nach. Sie schaute nach unten ins Wasser, das von dem großen Schiff umgepflügt wurde. Nach einer Weile wurde ihr schwindelig und sie machte die Augen zu.

Sie brauchte eine Pause. Ganz dringend eine Pause. Von der Insel und von ihren Gedanken. Gedanken an Gespenster und rote Stecknadeln, an Blut, das aus einem Kopf sickerte, und an ein leises Atmen hinter ihr ... Die Härchen an ihren Armen richteten sich auf.

Und vor allem brauchte sie eine Pause von den Gedanken an die Vroni. *Sie hat einen Schutzengel gehabt.* Aber würde sie den noch einmal brauchen? Vielleicht schon bald? Der Fahrradunfall konnte doch kein Zufall sein. Wann würde der nächste Unfall dieser Art passieren? Wie könnte sie die Vroni warnen? Aber vor wem eigentlich? Sie wusste es nicht. Sie wusste nur, dass ihr Instinkt ihr sagte, dass sie dringend gewarnt werden musste. Oder sollte sie versuchen, den Kommissar davon überzeugen, dass es kein Unfall gewesen war? Sie tastete in der Tasche ihrer dünnen Strickjacke nach der Visitenkarte. Sie musste ihn anrufen.

Aber nicht jetzt. Jetzt wollte sie nur den Fahrtwind auf ihrem Gesicht spüren und das Vibrieren der Schiffsmotoren in ihrem Körper.

Erst als der Steg von Kauzing schon ganz nahe war, öffnete sie die Augen wieder. Sie sah die bunten Tupfen im Wasser – Luftmatratzen und Schlauchboote mit fröhlichen Kindern darauf. Sie erwarteten mit Spannung die Wellen, die der große Dampfer ans Ufer rollen ließ. Als sie noch näher war, beobachtete sie einen kleinen Jungen, der sich juchzend in die Wellen stürzte, und sie wusste, was zu tun war. Schwimmen. Frei schwimmen im See.

V

Der Moment, in dem sie in das kühle Wasser eintauchte, war herrlich. Wenige Sekunden lang fühlte es sich eiskalt an und Frau Maier hielt die Luft an. Aber schon nach zwei Schwimmzügen war es einfach nur noch angenehm erfrischend und sie atmete tief aus.

Sie schloss die Augen und spürte den Kontrast der heißen Sonne auf ihrem Gesicht und der Kälte auf ihrem Körper. Sie dachte an den warmen Atem des braunen Pferdes auf der Insel, an seine weichen Nüstern. Sie dachte an längst vergangene Sommertage und an Nächte, in denen die Grillen besonders laut gezirpt hatten.

Für einen Augenblick spürte sie erneut den Impuls, unterzutauchen – aber dann war alles wieder da. Die Angst, die sich zur Panik gesteigert hatte. Das Wasser in Nase und Mund. Die Arme wie Schraubstöcke, die sie umklammert hielten.

Frau Maier öffnete schnell ihre Augen und drehte sich auf den Rücken. Ruhig atmen. Gleichmäßige Schwimmzüge. *Niemand zwingt mich, unterzutauchen.* Ruhig atmen. Nach ein paar Minuten war sie wieder ruhig, aber das Wasser kam ihr auf einmal viel kälter vor. Sie fröstelte und beschloss, zurück zum Ufer zu schwimmen.

Doch als sie eine kleine Insel aus Schilf umrundet und wieder freie Sicht auf die Stelle hatte, an der ihre Kleider ordentlich gefaltet auf den Steinen lagen, fing ihr Herz von Neuem zu rasen an. Die Gestalt, die neben dem Kleiderhaufen saß, war ihr so vertraut wie kein anderer Mensch auf der Welt. Und war ihr doch in letzter Zeit so fremd geworden. Als hätte sich eine Glaswand zwischen sie geschoben. Unsichtbar, aber trotzdem undurchdringbar.

Sie verharrte hinter dem Schilf. Der Karli saß da wie ein Häufchen Elend. Die Kraft, die er immer ausgestrahlt hatte, war weg. Er war ein alter Mann geworden.

Frau Maier wartete. Sie wartete und fror immer mehr. Sie klapperte mit den Zähnen. Nach einigen Minuten fiel ihr auf, dass es sinnlos war, sich zu verstecken. Der Karli hatte ihre Kleider gesehen und vermutlich auch sie selbst im Wasser. Wenn sie nicht bald herauskäme, würde er wahrscheinlich seine Freunde von der Wasserwacht alarmieren.

„Was soll's, auch schon wurscht", seufzte sie, biss die Zähne zusammen und schwamm um das Schilf herum, sodass sie in Sicht- und Hörweite zum Ufer war.

„Karli!", rief sie.

Er blickte auf. Erleichtert. Er winkte. „Komm raus!"

„Nein", rief sie zurück. „Du gehst jetzt weg!"

„Warum denn?"

„Weil ich es sage!"

„Ich muss dringend mit dir reden, komm bitte raus!"

Er nahm sie nicht ernst. Frau Maier spürte, wie Wut in ihr hochstieg. Die Wut darüber, dass er ihr damals nicht gleich gesagt hatte, dass er die Maria heiraten würde. Die Wut darüber, dass sie durch ihre Liebe das ganze Dorf gegen sich aufgebracht hatte. Sie, nur sie. Dem Karli war natürlich niemand böse gewesen. Er war ja auch ein Einheimischer. Sie holte tief Luft.

„Ich habe keine Lust, mit dir zu reden!", rief sie. Und ich habe keine Lust, in Unterwäsche vor dir aus dem See zu steigen, fügte sie in Gedanken hinzu. *Die Zeiten sind vorbei.*

Jetzt schien er begriffen zu haben, dass sie es ernst meinte. Er sah auf einmal todtraurig und müde aus. „Wie du meinst", sagte er, drehte sich um und ging die Böschung zum Waldweg hinauf.

Frau Maier zählte innerlich langsam bis dreißig und versuchte, die Schuldgefühle und die Traurigkeit, die in ihr hochkommen wollten, zu unterdrücken. Sie schwamm ans Ufer und hüllte sich sofort in ihr großes Handtuch. Aber der Karli war nirgends mehr zu sehen. Schnell packte sie den Kleiderhaufen und lief zurück zu ihrem Haus.

Sie sah gleich, dass etwas an der Türklinke hing. Es war eine weiße Tüte, darin ein Päckchen sorgfältig verpackten Räucherfisches. Wie immer.

Aber da war auch ein Stück Papier in der Tüte. Das war nicht wie immer. Frau Maier nahm es heraus.

Sie musste sich am Geländer der kleinen Holzveranda festhalten, weil sie plötzlich das Gefühl hatte, dass der Boden unter ihr nachgab. Sie setzte sich auf die Stufen. Dann sah sie das Papier lange an.

Es war eine Todesanzeige. Die Maria war gestorben. Vor zwei Tagen. *Und ich habe mich geweigert, mit dem Karli zu reden.* Ihre Augen brannten. Dann bemerkte sie, dass auf die Rückseite der Anzeige etwas gekritzelt war. *Bitte komm zur Beerdigung* stand da in Karlis Handschrift.

VI

An diesem Abend fiel es Frau Maier sehr schwer, zur Ruhe zu kommen. Sie saß lange im Garten und hörte den Grillen zu. Es war ein leichter Abendwind aufgekommen, sodass der See ganz leise plätscherte. Es war so friedlich. Ob die Maria sich jetzt auch so friedlich fühlte? Sie hoffte es. Ein Leben lang hatte sie die Maria beneidet. Jetzt nicht mehr.

Bitte komm zur Beerdigung. Schon beim Gedanken daran wurde ihr Mund ganz trocken. Sollte sie gleich zum Karli gehen und ihm sagen, dass sie nicht kommen konnte? Sie könnte sagen, dass sie arbeiten musste …

„So weit kommt es noch, du feige Kuh", sagte Frau Maier laut in den dunklen Garten hinein. Die Katze, die unter einem Busch auf der Lauer lag, fuhr herum und starrte sie an. Frau Maier sah den vorwurfsvollen Blick allerdings nicht, sondern nur zwei leuchtende Punkte, die auf sie gerichtet waren wie zwei kleine Suchscheinwerfer.

Sie wusste, es wäre besser, gleich zum Karli zu gehen und ihm zu sagen, dass sie nicht zur Beerdigung kommen würde. Dass sie es nicht konnte. Aber ihre Beine fühlten sich schwer wie Blei an.

Irgendwann schleppte sie sich nach oben in ihr Schlafzimmer und ließ sich aufs Bett sinken. Sie konnte lange nicht einschlafen, doch endlich siegte die Müdigkeit und sie fiel in einen unruhigen Schlaf.

Plötzlich stand Frau Maier am Eingangstor des Kauzinger Friedhofes. Ihre Beine zitterten. Ihr Mund war so trocken, dass sie das Gefühl hatte, zu verdursten. Langsam öffnete sie das Tor und ging hinein. Rechts und links standen die Kauzinger Dorfbewohner. Sie bildeten ein scheinbar endloses Spalier, durch das sie mit wackeligen Knien hindurch gehen musste. Weiter, immer weiter. Ganz am Ende des langen Spaliers sah sie ein offenes Grab und eine schwarze Gestalt daneben.

„Karli, ich bin da!“, wollte sie rufen, aber ihre Zunge klebte am Gaumen. Sie brachte nur ein heiseres Krächzen zustande. Die Kauzinger folgten jedem ihrer Schritte mit wütenden Blicken. Keine Sekunde wurde sie aus den Augen gelassen.

„Betrügerin!“, zischte jemand. Frau Maier spürte kalten Schweiß auf ihrer Stirn.

„Was will die denn hier?“, raunte eine andere Stimme.

„Die hat Nerven!“ Zustimmendes Gemurmel.

Weitergehen, weitergehen. Das Grab kam näher. Frau Maier sah rechts im Spalier die Elfriede stehen. Und direkt daneben den Seppi, den netten jungen Mann aus dem Supermarkt. Erleichtert machte sie einen Schritt auf die beiden zu. Endlich zwei Menschen, die nichts gegen sie hatten. Doch die Elfriede und der Seppi verzogen keine Miene, sondern wichen wortlos einen Schritt zurück. Frau Maier spürte, wie Tränen in ihre Augen stiegen. *Zusammenreißen.*

Auf der linken Seite erkannte sie die Vroni. Aber sie sah irgendwie anders aus als sonst, blass und ängstlich. Und wer stand da hinter ihr? Sie sah, wie eine Hand mit einem schweren Kerzenleuchter ausholte und …

Die Vroni war plötzlich verschwunden. Frau Maier ging zitternd weiter.

Endlich stand sie am Grab. Aber jetzt war die Gestalt, die dort mit dem Rücken zu ihr kauerte, nicht mehr schwarz, sondern sie trug einen blauen Samtmantel. Mit einem Kragen aus weißem Pelz. Die Gestalt drehte sich zu ihr um. Frau Maier stieß einen heiseren Schrei aus. Das Gesicht der Figur war von Blut überströmt, und das Blut quoll aus einem Loch im Kopf. Es hörte nicht auf zu fließen.

Frau Maier. Plötzlich war dieses Flüstern wieder da. *Frau Maier.* Ein Flüsterchor aus tausend Stimmen sagte ihren Namen. Wieder und immer wieder.

Und da ging der Deckel des Sarges auf, und aus dem Grab kletterte die Maria hinaus. Bleich und ausgemergelt, mit tiefen Schatten unter den Augen. Sie streckte eine knochige Hand aus …

Mit einem Ruck fuhr Frau Maier im Bett hoch. Das Laken unter ihr war von Schweiß durchnässt und sie tastete nach dem Schalter der Nachttischlampe.

Auf halbem Weg ließ sie die Hand wieder sinken. Im Schaukelstuhl hinten in der Ecke ihres Schlafzimmers, da saß jemand.

Dieses Mal schrie Frau Maier wirklich laut auf. Die Gestalt im Schaukelstuhl stand auf und kam näher. Frau Maier dachte, sie würde vor Angst sterben. Eisige Kälte breitete sich in ihrem Körper aus und das Blut rauschte so laut in ihren Ohren, dass ihr schwindelig wurde. Sie dachte an den Maskenmann von damals, sie dachte an den toten Freiberger Konny. Aber es war keiner von beiden. Es war die Maria.

Sie blieb vor dem Bett stehen und sah Frau Maier lange an. Dann nickte sie und lächelte. Und plötzlich hatte Frau Maier keine Angst mehr. Sie lächelte zurück. „Verzeihst du mir?“, fragte sie. Doch die Maria war wieder verschwunden.

Sechstes Kapitel
Montag

I

„Frau Maier, wie sehen Sie denn aus?“

„Na, das nenne ich mal eine charmante Begrüßung am frühen Morgen. Wirklich Frank, Sie scheinen im Umgang mit Frauen noch einiges lernen zu müssen.“

Frau Maier zwinkerte ihrem morgendlichen Besuch freundlich zu. Doch sie merkte, dass Frank über ihren Kommentar nicht lachen konnte. Im Gegenteil. Er sah getroffen aus.

„Ich weiß“, antwortete er und ließ den Kopf hängen.

Frau Maier erschrak. Das Letzte, was sie wollte, war, Frank zu verletzen. Sie war doch so froh, dass er da war! Ohne nachzudenken, machte sie einen Schritt auf ihn zu und legte ihre Hände auf seine Schultern. „Jetzt hören Sie doch nicht auf das Geschwätz einer alten Frau“, sagte sie und schüttelte ihn sanft. „Das war nur ein dummer Scherz.“

Frank seufzte. „Nein, Sie haben den Nagel auf den Kopf getroffen“, sagte er. Dann sah er sie scharf an und endlich blitzte das vertraute, freche Grinsen auf: „Ich habe Ihnen doch schon mal gesagt, dass eigentlich Sie meinen Beruf ausüben sollten.“

II

Als sie mit zwei Tassen Kaffee im Wohnzimmer saßen und Elvis *Jailhouse Rock* sang, sah Frank schon wieder fröhlicher aus. „Sie haben mir aber nicht gesagt, was mit Ihnen los ist.“ Bevor Frau Maier etwas sagen konnte, fügte er schnell hinzu: „Und damit meine ich natürlich nicht, dass Sie irgendwie schlecht aussehen. Sie sehen so bezaubernd aus wie immer.“ Wieder das schelmische Grinsen. „Nur müde. Schlecht geschlafen?“

„Ja, ich sehe neuerdings Gespenster. Im Schloss und im Schlafzimmer.“

„Wie meinen Sie das?“

„Nicht so wichtig. Eigentlich geht es um etwas anderes …“

Frank sagte nichts und wartete. Frau Maier suchte nach den passenden Worten. Auf keinen Fall wollte sie zu viel von sich preisgeben. Aber sie brauchte dringend einen Rat.

„Also stellen Sie sich vor, da ist jemand, dem sie ein Leben lang … verbunden waren. Nur in letzter Zeit ist der Kontakt … abgerissen.“ Frau Maier sah Frank an, aber der verzog keine Miene. Er wusste ganz genau, dass jede Zwischenfrage Frau Maier zum Verstummen bringen konnte.

Sie fuhr fort: „Und jetzt ist dieser Mensch in

einer Lage, in der er meine Unterstützung …"
Schweigen.

„Braucht?", schlug Frank sanft vor.

„Das weiß ich nicht." Frau Maier zog die Schultern hoch. „Aber er möchte sie."

„Aber?"

„Aber ich will nicht!" Frau Maier erschrak, wie heftig der Satz geklungen hatte.

Frank schwieg.

„Ich kann nicht", sagte Frau Maier in normalem Tonfall. „Was würden Sie tun?" Sie sah Frank Hilfe suchend an. Der überlegte.

„Ich würde mich fragen, warum ich es nicht will. Warum ich es nicht kann", antwortete er dann.

Frau Maier dachte an ihren Traum. An das Spalier, an ihren trockenen Mund. „Ich habe Angst", flüsterte sie.

Frank nickte. „Angst ist eine starke Motivation. Die stärkste überhaupt vermutlich. Aber …"

Er überlegte.

„Aber?", hakte Frau Maier nach.

„Aber manche Ängste sind dazu da, überwunden zu werden. Manche Ängste haben in unserem Leben irgendwann ausgedient. Manche Ängste haben keine Daseinsberechtigung mehr."

Frau Maier schaute in ihre Kaffeetasse. Sehr

lange. Dann schaute sie wieder hoch und fragte: „Aber warum sind Sie eigentlich da? Woher wussten Sie, dass ich heute frei habe?“

Frank rutschte etwas verlegen auf dem Sofa herum. „Ich wusste es nicht. Ich hatte einfach Glück. Eigentlich ist es so … Also, ich wollte auch … Ich brauche Ihren Rat.“

Frau Maier schaute ihn erstaunt an. *„Meinen Rat?“*

„Ja, es geht um die Cornelia.“ Frank sagte den Satz ganz schnell, so als hätte er Angst, es sich noch einmal anders zu überlegen. Die Cornelia. Die nette, junge Polizistin. Franks Freundin. Ich fasse es nicht, dachte Frau Maier. Hier sitze ich und werde von einem Psychologen um Rat in Liebesangelegenheiten gefragt. Ausgerechnet. Das Leben ist wirklich voller Überraschungen.

Sie beschloss, Dr. Frank Schöns Taktik anzuwenden und sagte erst einmal nichts.

„Sie wissen ja, dass wir uns damals bei dem Fall mit dem Maskenmann kennen gelernt haben und seitdem … na ja.“

Frau Maier nickte.

„Und eigentlich ist es schon was Festes, aber jetzt hat die Cornelia gesagt …“ Er stockte. „Sie hat gesagt, dass ich nicht wüsste, wie man mit Frauen umgeht.“

Frau Maier schluckte. Plötzlich war ihr klar, warum Frank ihren Kommentar an der Haustür nicht lustig gefunden hatte. Ihre Wangen brannten, sie schämte sich. Zum Glück redete Frank einfach weiter. „Sie sagt, ich zeige ihr nicht, wie viel sie mir bedeutet. Sie sagt, ich sei immer so unverbindlich. Und dass Frauen wollen, dass man seine Gefühle zeigt."

Frau Maier nickte. „Das stimmt."

Frank drehte seine Kaffeetasse mehrmals in seinen Händen. „Was würden Sie tun?", fragte er.

„Ich würde mich fragen, warum ich meine Gefühle nicht zeigen will. Warum ich es nicht kann."

Frank sah ihr in die Augen. Dann starrte er auf seine Hände und überlegte. „Ich habe Angst", stellte er schließlich fest.

Frau Maier atmete tief durch. Dann streckte sie ihre Hand aus und legte sie auf seine. Ihr fiel auf, wie alt und runzelig sie aussah.

„Aber manche Ängste haben in unserem Leben irgendwann ausgedient", sagte sie leise. Frank drückte ihre Hand. Nach einer Weile schaute er hoch und lächelte.

„Sie lernen wirklich sehr schnell, Frau Kollegin. Danke."

Als er gegangen war und Frau Maier ins Wohnzimmer zurückging, um die Tassen aufzuräumen, blieb sie in der Tür stehen. Sie betrachtete ihr kleines, friedliches Wohnzimmer. *Und da habe ich mir neulich noch vorgestellt, wie es wäre, wenn ich einen Beratungssaal hätte. Und dabei habe ich längst einen.*

III

Nach dem Gespräch mit Frank fühlte sich Frau Maier so erleichtert, dass sie gleich ihr ganzes Haus putzte. Danach kochte sie Kartoffeln und genoss sie zusammen mit dem Räucherfisch, der an ihrer Türklinke gehangen hatte, auf einem Stuhl im Garten. Sie schaffte es, dabei fast nicht an den Karli und die Beerdigung zu denken. Jedes Mal, wenn sie sich doch dabei ertappte, grübelte sie lieber über die eigenartigen Geschehnisse im Schloss und auf der Insel nach. Und nicht nur dort.

Vronis angeblicher Unfall mit dem Fahrrad ließ ihr keine Ruhe. Zuerst war ihr natürlich sofort wieder die Furie am Steg in den Sinn gekommen. *Was erzählst du denn da, du kleines Miststück?* Oh ja, sie war wütend gewesen. Und vielleicht hatte es ihr nicht gepasst, dass ihr Mann sich mit einer Kollegin gut verstanden hatte. Dass er ihr vielleicht Dinge anvertraut hatte, die niemand wissen sollte. Hatte die Furie nicht genau in dem Moment das Gespräch unten an der Anlegestelle unterbrochen, als die Vroni ihr von der Scheidung hatte erzählen wollen? Und von allem, was da womöglich noch dahinter steckte?

Die Katze sprang mit einem Satz auf Frau Maiers Schoß. Ihr weiches Fell war von der Sommersonne ganz heiß. Sie schnurrte und kniff die Augen zusammen.

„Wer könnte denn sonst etwas gegen die Vroni gehabt haben?", fragte Frau Maier. „Was denkst du?" Die Katze blinzelte nur einmal und legte sich dann noch gemütlicher zurecht. Sie hatte offensichtlich keine Sprechstunde.

IV

Irgendwann mussten auch Frau Maier die Augen zugefallen sein. Sie erschrak, als das Quietschen des Gartentürchens sie aus ihren Träumen riss.

Oliver Schachner hatte ihr gerade erklärt, wie sie die Kristalllüster zu reinigen hatte, und sie begriff nur langsam, dass sie sich nicht im Schloss, sondern in ihrem Garten befand.

Zu langsam. Als sie ihre Augen vollständig geöffnet hatte, stand bereits jemand direkt vor ihr. Im Gegenlicht konnte sie nicht erkennen, wer es war, aber der unerwartete Besucher erschien ihr sehr groß und sehr bedrohlich. Frau Maier versuchte, schnell aufzustehen, aber ihr Knie machte ihr einen Strich durch die Rechnung. Ihr entfuhr ein leiser Schrei. „Aua!"

„Frau Maier, was ist los?" Die dunkle Gestalt beugte sich besorgt über sie, und Frau Maier erkannte Seppis freundliches Gesicht.

„Ah, du bist es! Alles in Ordnung, nur wieder mein Knie."

Seppi nickte. Sie kannte ihn aus dem Kauzinger Supermarkt, wo er arbeitete, seit er als Lehrling dort angefangen hatte. Er transportierte manchmal Frau Maiers schwere Einkaufstaschen mit seinem Fahrrad zum kleinen Haus am See.

„Was machst du denn hier?"

„Ich habe was für Sie!" Der Seppi kramte in seinem Rucksack und zog eine Packung Lachs hervor. „Der war heute im Angebot und ich dachte, Sie haben bestimmt Lust drauf."

Frau Maiers Gesicht wurde heiß. Aber es war schließlich auch warm, so direkt in der Sonne.

„Vielen Dank, ich freue mich sehr darüber. Was bekommst du?"

„Nichts, das ist ein Geschenk!“ Seppi sah ein wenig verlegen aus.

Frau Maier erschrak. Hatte er den Lachs etwa einfach so mitgenommen? Sie wollte auf keinen Fall, dass er wegen ihr Ärger bekam.

Der Seppi hatte wohl ihre Gedanken gelesen. „Frau Maier, was halten Sie denn von mir? Den Lachs habe ich natürlich ganz regulär erworben.“ Er beugte sich verschwörerisch ein Stückchen weiter zu ihr herunter. „Aber ich bekomme ja Mitarbeiterrabatt, das passt schon.“

Frau Maier lachte. „Dann bin ich beruhigt.“ Sie zögerte kurz und fügte hinzu: „Hast du Zeit? Ich könnte dir etwas kochen.“

Der Seppi schaute auf sein Handy. „Eine Stunde kann ich bleiben, danach bin ich verabredet. Aber ich würde gerne etwas bei Ihnen essen!“

Er strahlte Frau Maier an. Sie strahlte zurück.

V

„Also für meine Lachslasagne reicht die Zeit nicht“, überlegte Frau Maier laut, als sie vor dem Herd stand und ihren Blick über die Vorräte im Küchenschrank schweifen ließ.

Der Seppi hatte es sich am Küchentisch gemütlich gemacht. Er saß auf dem Tisch und hatte seine Füße auf dem Stuhl davor abgestellt. Er legte sich zurück und stützte sich mit den Ellbogen ab, so dass er die ganze Tischplatte ausfüllte.

Frau Maier öffnete den Kühlschrank. „Aber Spaghetti mit Lachs-Sahne-Sauce geht schnell." Sie drehte sie zu ihm um. „Was meinst du?"

„Ich esse alles, was Sie kochen, Frau Maier", antwortete der Seppi.

VI

„Und was ist mit Ihnen?" Der Seppi deutete mit fragendem Blick auf den einzelnen Teller, den Frau Maier auf den Tisch gestellt hatte.

„Ich hatte gerade schon gegessen, als du gekommen bist. Ich habe keinen Hunger."

„Aber das geht doch nicht. Der Lachs war ein Geschenk für Sie und nicht für mich."

„Nein, das passt schon. Wirklich. Der Lachs muss ja eh weg und ich hätte sowieso etwas …"

„Eine kleine Portion? Nur probieren?", unterbrach sie der Seppi, und legte den Kopf ein bisschen schief.

Es war nie schwierig, Frau Maier zum Essen zu überreden, und diesem Blick konnte sie sowieso nicht widerstehen. Schnell holte sie einen zweiten Teller aus dem Regal. „Na gut, eine kleine Portion."

Sie aßen in einvernehmlichem Schweigen, und zu Frau Maiers Freude ließ der Seppi sich den Teller noch zweimal neu auffüllen.

„Super, Frau Maier!" Er lehnte sich zurück, hielt sich den Bauch und grinste. Dann warf er einen Blick auf die Küchenuhr. „Aber jetzt muss ich leider los." Er sprang auf.

„Lisa?", fragte Frau Maier lächelnd.

„Ja, genau. Lisa, die ich ja dank Ihnen überhaupt erst kennen gelernt habe. Wenn Sie sich damals nicht so für das Online-Dating interessiert hätten, dann wäre sie mir glatt durch die Lappen gegangen."

Frau Maier schmunzelte. Der Seppi wusste bis heute nicht, dass ihr Interesse am Online-Dating damals nicht privater Natur gewesen war. Sie hatte mal wieder in einem Fall ermittelt. Oder geschnüffelt, wie es Kommissar Brandner genannt hätte ... Jedenfalls hatte sie dafür die Informationen zum Online-Dating gebraucht, und der Seppi hatte sie ihr geliefert.

Als sie ihn jetzt zum Gartentor begleitete, fiel ihr Blick auf den Stuhl, auf dem sie vorher eingedöst war. Er stand noch mitten im Garten, und die Katze hatte es sich jetzt alleine darauf gemütlich gemacht. Der Traum kam ihr in den Sinn, aus dem der Seppi sie geweckt hatte. Der Chef hatte ihr das Reinigen der Kristalllüster erklärt. Im nächsten Moment sah sie Oliver Schachner plötzlich ganz deutlich vor sich. Mit einer roten Nadel – mitten durch die Stirn.

„Im Internet findet man doch alles, oder?", überlegte sie laut.

„Ja, klar!" Der Seppi schaute sie überrascht an. „Was wollen Sie denn wissen?"

Frau Maier zögerte. Dann sagte sie langsam: „Mich würde interessieren, ob man da auch etwas über meinen neuen Chef findet." Der Seppi zog fragend die Augenbrauen hoch, und sie fügte schnell hinzu: „Einfach so, es würde mich halt interessieren."

Der Seppi zückte sein Handy. „Wie heißt er? Der Chef?"

„Oliver Schachner. Kannst du daheim auf deinem Computer mal nachschauen?"

„Dazu brauche ich meinen Computer nicht." Der Seppi tippte auf seinem Handy herum und wartete kurz. Dann hielt er Frau Maier das Gerät hin. Er wischte mit dem Finger über den winzigen Bildschirm. Trotz ihrer Adleraugen konnte Frau Maier auf die Schnelle gar nichts erkennen.

Der Seppi offenbar schon. „Nicht viel", kommentierte er. „Auf den offiziellen Seiten vom Schloss ist er erwähnt, logisch. Dann in ein paar Artikeln von der Lokalzeitung und bei ein paar sozialen Netzwerken ist er gemeldet …"

Frau Maier verstand nur Bahnhof. „Wo ist er gemeldet?"

„Das erkläre ich Ihnen beim nächsten Treffen. Die Lisa wartet. Ihr Chef scheint jedenfalls im Internet eine weiße Weste zu haben." Der Seppi packte sein Handy weg und hob sein Fahrrad auf. Er hatte es jetzt wirklich eilig. Seine Lisa hat ihn gut im Griff, dachte Frau Maier.

Mit einem schnellen „Danke für das Essen!" war der Seppi sofort verschwunden, doch nach einigen Sekunden tauchte sein Kopf noch einmal über dem Gartentürchen auf. „Wenn Sie wollen, legen wir Ihnen dann auch ein eigenes Profil bei einem sozialen Netzwerk an. Das wird cool!" Er winkte ihr noch einmal begeistert zu und war dann endgültig verschwunden.

Frau Maier nickte und winkte zurück. Dann zuckte sie die Achseln und lachte.

„Ich habe keine Ahnung, wovon er spricht. Du etwa?", fragte sie die Katze auf dem Stuhl in der Sonne. Die Katze zuckte leicht mit dem Schwanz, um ihr Missfallen auszudrücken. Frau

Maier streichelte sie. „Das ist zu modern für uns, das finde ich auch."

Aber als sie später in der Küche das Geschirr spülte und wegräumte, kehrten ihre Gedanken immer wieder zu Seppis Handy, das auf Kommando die Informationen zu Oliver Schachner ausgespuckt hatte, zurück. „Praktisch ist es ja schon irgendwie", stellte sie fest.

Frank wollte sie schon lange überreden, sich endlich ein Handy zuzulegen, aber bisher hatte sie sich immer geweigert. Aber da hatte sie schließlich noch nicht gewusst, dass man es so ausgezeichnet zur Recherche nutzen konnte. Eigentlich genau das Richtige für einen neugierigen Menschen wie mich, dachte Frau Maier. Sie musterte das alte Sparschwein, das auf dem Kühlschrank langsam Staub ansammelte. Vielleicht gab es einen neuen Verwendungszweck dafür.

Sie hängte das nasse Geschirrtuch auf. Die Küche sah wieder picobello aus. Frau Maier war sehr zufrieden, und das nicht mit der Küche, sondern mit dem ganzen Tag.

Sie hatte zweimal Besuch gehabt. Herrenbesuch. Sie lächelte. Und es war ausnahmsweise einmal nichts Beunruhigendes passiert. Der Chef hatte eine weiße Weste, zumindest im Internet. Auch wenn sie nicht wirklich verstand, was das bedeutete, so klang es doch zumindest unbedenklich. Alles in allem ein wirklich guter Tag.

IV

Nachts, im Bett, war es mit der Ruhe plötzlich vorbei. *Fischgerichte von A bis Z* und *100 Arten, Fisch zu genießen* lagen noch aufgeschlagen neben Frau Maier. Sie war beim Lesen einfach eingeschlafen.

Jetzt klopfte ihr Herz ganz schnell. Sie hatte wieder den kalten Klumpen im Magen.

War es ihr im Traum eingefallen? Wo war diese Stimme plötzlich hergekommen? Die Stimme vom Kommissar. „Vielleicht spreche ich noch einmal mit der jungen Schlossführerin, Frau Mittermaier. Sie scheint die Einzige gewesen zu sein, die sich wirklich mit dem Herrn Freiberger unterhalten hat."

Und dann die abfällige Antwort ihres Chefs. *Helfersyndrom.* Das Foto an der Pinnwand. Die rote Nadel in seiner Stirn. War der Chef etwa doch nicht so nett und höflich, wie es den Anschein hatte? Hatte ihm vielleicht die Vorstellung nicht gefallen, dass der Kommissar noch einmal mit der Vroni hatte reden wollen? Weiße Weste hin oder her, irgendetwas stimmte da doch nicht.

Frau Maier tastete nach dem Wasserglas auf ihrem Nachtkästchen und nahm einen Schluck. Das Wasser war kühl und tat gut. Sie trank noch einmal. Sie musste morgen die Vroni besuchen. Zuhause, im Krankenhaus, wo auch immer. Und sie musste endlich den Kommissar anrufen. Sie nahm die Visitenkarte, die ebenfalls auf dem Nachtkästchen lag. Sie hielt sie fest in der Hand und versuchte, sich an irgendein Fisch-Rezept zu erinnern.

Irgendwann schlief sie wieder ein und wachte am nächsten Morgen mit einem kleinen Papierknäuel in der Hand auf.

Siebtes Kapitel
Dienstag

I

Sie war die Nummer sechs. Und sie wirkte nicht ganz ausgeschlafen heute. Ob die Schnüffelei ihr allmählich zu anstrengend wurde? Sieben, acht, neun. Na hoffentlich. Es wäre nur zu ihrem eigenen Besten, wenn sie endlich damit aufhören würde. Elf, zwölf. Auf der Insel kannten sich nur Insulaner aus. Und Menschen wie er, die schon seit ewigen Zeiten fast jeden Tag dort verbrachten. Niemand von außerhalb sollte hier etwas durcheinanderbringen. Fünfzehn, sechzehn, siebzehn. Wozu bitteschön hatten die Leute eigentlich Regenschirme dabei? Es war ein klarer Tag, der Himmel war blitzblank. Und es würde heiß werden. Sehr heiß.

II

Einunddreißig, zweiunddreißig. Frau Maier schnaufte. Vierunddrei… Nein. Stopp. Dreiunddreißig. Sie wischte sich ein paar Schweißperlen von der Stirn. Sie war dabei, die schweren Füße der großen Kandelaber im Spiegelsaal abzustauben. Sie zählte mit, um sich noch mehr auf das zu konzentrieren, was sie da tat. Aber es fiel ihr sehr schwer. Lag es an den hartnäckigen Schmerzen im Knie? Sie seufzte. Nein. Sie wusste, woran es lag.

Morgen war Mittwoch.

Der Tag der Beerdigung.

Vierunddreißig. Sie hatte es gestern so gut geschafft, den Gedanken daran zu verdrängen. Fünfunddreißig. Das Gespräch mit Frank. Die Grübeleien über die Furie und den Chef. Sechsunddreißig. Die Kochbücher. Siebenunddreißig.

Aber jetzt war alles wieder da. Das Spalier auf dem Friedhof. Achtunddreißig. Das offene Grab. Neununddreißig. Der Chor aus Flüsterstimmen. *Die hat Nerven.* Vierzig. *Was will die denn hier?*

„Schluss jetzt!" Frau Maier legte den Lappen weg. So ging es nicht weiter. Sie musste eine Entscheidung treffen.

III

Im Treppenhaus kam ihr Anja entgegen. Frau Maier fasste sich ein Herz. „Haben Sie kurz Zeit?" Anja nickte und blieb stehen. „Ich würde heute nach der Arbeit gerne die Vroni besuchen. Meinen Sie, das würde gehen? Können Sie mir vielleicht die Adresse geben?"

Sie war verlegen und wusste wieder einmal nicht so recht, warum. Hatte sie im Umgang mit anderen Menschen immer noch nichts dazugelernt? Von Frank, von Elfriede, vom Seppi aus dem Supermarkt? Aber Anja schien nichts aufzufallen.

„Da müssen Sie gar nicht erst aufs Festland fahren“, antwortete sie strahlend. „Die Vroni sitzt gerade in diesem Moment hinten im Aufenthaltsraum.“

„Aber die Gehirnerschütterung …?“

Anja verdrehte gespielt genervt die Augen. „Die Vroni kann keine Ruhe geben, so ist sie halt. Sie ist zwar noch ein paar Tage krankgeschrieben, aber sie wollte uns besuchen. Ihr ist daheim langweilig, sagt sie.“

„Das ist aber sehr unvorsichtig …“

„Sagen Sie ihr das am besten gleich selbst, Frau Maier.“ Anja setzte sich wieder in Bewegung und trabte die Treppe weiter hoch. „Ich muss leider los. Reisegruppe, 60 Personen.“

Sie verdrehte wieder die Augen, dieses Mal allerdings nicht nur gespielt.

IV

„Frau Maier!“ Die Vroni lächelte ihr entgegen. „Na, haben Sie sich eingelebt? Alle Geheimgänge gefunden?“

„Geheimgänge?“, fragte Frau Maier verwirrt und Vroni musste lachen.

„Na ja, so viele sind es nun auch wieder nicht. Der hinter dem Bett halt. Aber Betreten ist ja strengstens verboten. Viel zu gefährlich, sagt der Chef.“

Frau Maier war enorm erleichtert, die junge Kollegin gesund und munter zu sehen. Sie setzte sich zu ihr an den Tisch. „Wie schön, dass Sie da sind. Geht es Ihnen besser?“

Die Vroni nickte. „Ja, das war im Endeffekt gar nicht so schlimm. Ich bin halt erschrocken. Fahrrad fahren werde ich wohl erst einmal nicht mehr. Das Rad habe ich sofort ins hinterste Eck vom Schuppen verbannt. Aber ...“ Sie sah für einen Moment sehr ernst aus. Dann lächelte sie gleich wieder. „Es geht schon!“

Frau Maier hatte dieser kurze Moment genügt, um zu wittern, dass etwas nicht stimmte. „Was ist denn los?“

Vroni zögerte. Dann sagte sie: „Es ist nur so, dass *ich* mich in letzter Zeit manchmal ... beobachtet fühle." Und sie zog die Schultern hoch, so als wäre ihr plötzlich kalt.

Frau Maiers Puls beschleunigte sich. „Von einer Gestalt im Königsmantel?"

Als sie Vronis Gesichtsausdruck sah, bereute sie sofort, dass ihr die Frage herausgerutscht war. Die junge Schlossführerin sah sie ein wenig erstaunt und mitleidig an. Sie sah aus, als würde sie gerade überlegen, ob diese nette Omi vielleicht doch geistig nicht mehr ganz auf der Höhe war.

„Nein, nein!" Sie schüttelte bestimmt den Kopf. „Das war doch der Konny. Der hatte den Mantel immer an. Seit er ... Also seit ... Jedenfalls gibt es die Gestalt im Mantel seitdem nicht mehr."

Wenn du wüsstest.

„Aber haben Sie irgendjemand anderen erkannt? Also jemanden, der Sie beobachtet, meine ich?" Frau Maier ließ nicht locker.

Die Vroni überlegte. „Nein", antwortete sie dann langsam. „Ich habe niemanden gesehen. Eher ... gespürt."

„Seit wann?"

„Keine Ahnung. Ich weiß nur, dass ich am Abend vor meinem Unfall alleine daheim war. Meine Eltern waren bei den Nachbarn drüben. Und da dachte ich, dass jemand im Garten ist.

Mich beobachtet. Durchs Fenster." Ihre Stimme war jetzt kaum mehr als ein Flüstern.

Der kalte Klumpen in Frau Maiers Magen war eisiger als je zuvor. Sie räusperte sich.

„Sie sollten auf jeden Fall die Augen offen halten. Und nicht alleine zuhause sein. Und mit dem Kommissar sprechen. Und Ihr Fahrrad von der Polizei untersuchen lassen."

Die Vroni sah jetzt überrascht aus. Und dann irritiert. „Nein", sagte sie abwehrend. „Nein, ich habe mir das doch sicher nur eingebildet. Mir geht es ja gut. Und das Fahrrad lasse ich irgendwann reparieren, wenn ich wieder fahren will." Mit diesen Worten stand sie auf.

Frau Maier konnte sie gut verstehen. Die Vroni wollte glauben, dass alles in Ordnung war. Und da konnte sie niemanden brauchen, der ihr noch mehr Angst einjagte.

„Ich mache mir bestimmt zu viele Sorgen", sagte sie sanft. „So sind wir Omas halt."

Mehr brauchte es nicht. Sofort setzte sich die Vroni wieder hin und jetzt nahm sie Frau Maiers Hand. „Sie sind so eine Liebe, Frau Maier!"

Frau Maier wurde es ganz warm ums Herz. Sie war so abgelenkt, dass ihre Luchsohren nicht hörten, dass sich die Tür zum Aufenthaltsraum ganz leise öffnete. Und weil sie mit dem Rücken zur Tür saß, sah sie auch nicht, dass sie einen Spalt weit offen stehen blieb.

„Ich habe übrigens gehört, dass der Konny zwei von den Samtmänteln geschneidert hat. Stimmt das?“

Die Vroni schien sich über den schnellen Themenwechsel nicht zu wundern. Sie war jetzt wieder so gesprächig wie immer.

„Ja, das stimmt.“ Sie nickte. „Der Chef hat mich auch schon drauf angesprochen.“

Frau Maier sah sie fragend an. Die Vroni zuckte mit den Schultern. „Keine Ahnung, die Polizei interessiert sich wohl dafür. Und ich bin ja froh, wenn ich bei den Ermittlungen irgendwie helfen kann. Jedenfalls hatte der Konny definitiv zwei Mäntel. Ich habe sie selbst gesehen. Er war mit dem ersten Mantel nicht ganz zufrieden.“ Ihre Stimme zitterte. „Wenn es um den König ging, da war der Konny ein richtiger Perfektionist.“

Frau Maier sagte nichts. Sie musste erst einmal verdauen, was sie da gerade gehört hatte. Irgendetwas stimmte ganz gewaltig nicht.

„Wann haben Sie denn mit dem Chef darüber geredet?“

Die Vroni überlegte kurz. „Das war gleich nachdem … Also einen Tag, nachdem wir den Konny gefunden haben.“ Sie räusperte sich und fuhr mit festerer Stimme fort. „Der Herr Schachner hat ja gesehen, wie durcheinander ich war. Und da hat er sich ein bisschen mit mir unterhalten. Darüber, wie gut ich den Konny gekannt habe, worüber wir so geredet haben.“ Sie schnaubte kurz verächtlich. „Das hat er wahrscheinlich in irgendeinem Seminar über Mitarbeiterführung gelernt oder so. Herz war da keines dabei.“

„Nein?“ Frau Maier wagte es kaum, den Redefluss zu unterbrechen. Blitzschnell zählte sie im Kopf die Tage ab. Einen Tag, nachdem sie den Konny gefunden hatte – an dem Tag war ihr auch die Gestalt im Königsmantel erneut begegnet …

„Ach woher denn. Eine Trauerfeier hat er doch immer noch nicht organisiert. Und das, obwohl der Konny nicht nur sein Mitarbeiter, sondern sogar ein ehemaliger Klassenkamerad war. Der wollte nur, dass ich mich beruhige und schnell wieder an die Arbeit gehe.“

Frau Maier überlegte fieberhaft, wie sie wieder zu den Mänteln zurückkommen konnte. Doch die Vroni kam ihr zuvor. Sie schien sich an etwas zu erinnern, denn sie schnaubte noch einmal und schüttelte den Kopf. „Und da hat er mich eben auch gefragt, ob der Konny nur einen Mantel gehabt hat oder mehrere, und er hat gesagt, dass das für die Polizei wichtig ist. Ich habe ihm erzählt, dass der Konny sich einen zweiten Mantel geschneidert hat, weil er den ersten nicht gut genug fand. Und wissen Sie, was er geantwortet hat?"

Frau Maier schüttelte den Kopf. Vronis Stimme zitterte. „*Armer Irrer.* Das hat er geantwortet. *Armer Irrer.*"

Frau Maier dachte an ihre Gespräche mit Oliver Schachner. „Ich hatte eigentlich einen guten Eindruck von ihm", sagte sie. „Er war so höflich und ..."

„Ja, genau, höflich", unterbrach die Vroni sie. „Weil er das halt auch in irgendeiner Schulung gelernt hat. Aber haben Sie mal gesehen, dass seine Augen lächeln?"

Frau Maier überlegte. Sollte ihre scharfe Beobachtungsgabe versagt haben? Sie seufzte. Sie hätte die Katze ins Schloss mitbringen sollen. Die wusste, wem man trauen konnte und wem nicht. Sie stellte sich vor, wie sie auf ihren leisen Pfoten durch den Spiegelsaal stolzieren würde und lächelte. *Geh' leise, denn Du gehst auf meinen Träumen.* Dann fiel ihr ein, dass die Katze bei der ersten Begegnung auch Frank Schön gegenüber sehr misstrauisch gewesen war. „Na ja, niemand ist vollkommen", stellte sie fest.

Vroni fasste die Bemerkung falsch auf und antwortete erbost: „Das erwartet doch auch gar niemand, dass er vollkommen ist. Aber dass er vielleicht auch einmal mit den Mitarbeitern spricht und sich für sie interessiert, und das nicht nur aus reinem Eigennutz. So wie neulich wieder auf dem Schiff …" Sie unterbrach sich und schnaubte noch einmal. Frau Maier wartete. Nach einigen Sekunden hakte sie nach: „Auf dem Schiff?"

„Ach, da kam er her und wollte wissen, ob der Kommissar mich angerufen hat. Der hat doch eine Liste mit den Handynummern aller Mitarbeiter bekommen, falls er Rückfragen hat. Und erst hat der Schachner geschleimt und gefragt, ob ich den Schock schon verwunden habe und so weiter. Ich habe mich kurz gewundert. Aber er wollte mich nur wieder aushorchen."

„Aber warum sollte er Sie denn aushorchen?"

„Kontrollzwang. So eine Chef-Krankheit. Er muss halt immer alles wissen. Alle Fäden in der Hand halten. Es passt ihm nicht, dass von uns jemand mit der Polizei sprechen könnte, ohne, dass er es weiß. *Einfach so. Weil er der Chef ist.*"

Einfach so, weil er der Chef ist. Frau Maier fühlte sich unbehaglich. *Oder weil er etwas zu verbergen hat.* Sie dachte an das Gespräch, das sie hinter dem Kutscherhäusl belauscht hatte. „Niemand weiß, wie viele Mäntel es gegeben hat."

Das hatte Oliver Schachner klar und deutlich gesagt. *Er hat definitiv gelogen. Er wusste zu diesem Zeitpunkt bereits von der Vroni, dass es den zweiten Mantel gegeben hat.* Ihr Herz schlug schneller, doch sie bemühte sich um einen völlig normalen Tonfall, als sie fragte: „Wann war denn diese Begegnung auf dem Schiff?"

„Das müsste am Abend vor meinem Unfall gewesen sein. Ja, genau. Ich war nach der Arbeit noch auf einen Kaffee bei Anja und Flori und den anderen und habe das letzte Schiff rüber genommen." Sie lachte kurz. „Stimmt, jetzt fällt es mir wieder ein. Ich hätte den Dampfer fast verpasst, das war wirklich knapp. Zum Glück hat der Fredl vom Steg dem Schiffer gewunken und der hat gewartet … Ja, und da habe ich den Schachner auf dem Schiff getroffen." Erst jetzt schien ihr aufzufallen, dass die Frage eigenartig war. „Warum?"

„Nur so. Ich bin einfach ziemlich neugierig, wissen Sie." Frau Maier zuckte entschuldigend mit den Achseln.

Die Vroni lächelte. „Da haben wir ja noch etwas gemeinsam. Die Frau Maier und die Frau Mittermaier."

Eine Weile schwiegen beide. Die Vroni schien im Geiste noch einmal das Gespräch mit Herrn

Schachner Revue passieren zu lassen, denn plötzlich sagte sie: „Ja, und dann habe ich ihm gesagt, dass das meine Sache ist, ob der Kommissar mich anruft oder nicht. Und dass er sich lieber um eine Trauerfeier für den Konny kümmern soll. Das ist einfach so aus mir rausgeplatzt, ich konnte nicht anders. Ich hatte schon Angst, dass er ausrastet. Oder mich rausschmeißt. Aber er hat nur ziemlich blöd geschaut." Die Vroni beugte sich vor und legte die Hand auf Frau Maiers Arm. Dann sagte sie ernst: „Solchen Leuten muss man Paroli bieten, Frau Maier!" Und sie nickte bestimmt.

Frau Maier nickte auch, aber in Gedanken war sie ganz weit weg. Oliver Schachner hatte gewusst, dass es zwei Mäntel gab, aber er hatte es dem Kommissar verschwiegen. Er hatte wissen wollen, ob die Polizei sich bei der Vroni gemeldet hatte. Das Gespräch hinter dem Kutscherhäusl, die Stimme des Kommissars – sie konnte sich noch ganz genau an seine Worte erinnern: „Vielleicht spreche ich noch einmal mit der jungen Schlossführerin, Frau Mittermaier. Sie scheint die Einzige gewesen zu sein, die sich wirklich mit dem Herrn Freiberger unterhalten hat."

Und am nächsten Morgen war die Vroni mit dem Fahrrad gestürzt. Einfach so. Unfall? Zufall? *Keines von beiden.*

Frau Maier schenkte sich einen Kaffee aus der Thermoskanne ein und hoffte, damit den kalten Eisklumpen in ihrem Magen zum Schmelzen zu bringen. Aber sie wusste, dass das nicht funktionieren würde. Plötzlich fuhr sie herum.

„Frau Maier, alles in Ordnung?“ Die Vroni sah erschrocken aus.

„Jaja, ich denke schon“, sagte Frau Maier langsam. Dann lächelte sie die Vroni beruhigend an. Sie würde ihr nicht sagen, dass sie gerade ganz eindeutig gehört hatte, wie die Tür hinter ihnen sich leise geschlossen hatte.

V

Als Frau Maier vor der Telefonzelle bei der Anlegestelle stand, da konnte sie sich nicht wirklich erinnern, wie sie dorthin gekommen war. Natürlich wusste sie, dass sie den Weg durch den Wald gegangen war, und dann am See entlang in Richtung Steg. Aber sie hatte nichts wahrgenommen. Nicht die Touristen, die ihr entgegengekommen waren. Familien mit quengelnden Kindern, Schulklassen, Reisegruppen. Nicht die saftig grüne Wiese. Nicht das Sonnenlicht, das sich in den Baumkronen brach. Nicht die Pferdekutschen, die in gemütlichem Tempo die Besucher in Richtung Schloss rollten. Nicht den leuchtend blauen See. Nicht die vielen Segelboote. Nicht den Dampfer, der voll besetzt Kurs auf den Steg nahm, während die Touristen darauf den vorbeifahrenden Booten winkten.

Sie war völlig in Gedanken versunken gewesen. Oliver Schachner. So freundlich, so höflich. Oder war das nur eine Seite von ihm? Die Vroni hielt ihn offenbar für kalt und berechnend. Aber was, wenn es noch viel schlimmer war? Was, wenn er nicht nur kalt und berechnend, sondern gefährlich war? Wenn er zum Beispiel Fahrräder manipulierte? Und einen Mantel verschwinden ließ? Frau Maier dachte an die rote Nadel, mitten in Schachners Kopf. Hatte auch der Konny den Schachner nicht gemocht? Steckte die Nadel vielleicht nicht zufällig in seinem Kopf? Aber warum?

Erst in der Telefonzelle kam Frau Maier langsam zu sich. Sie tastete in ihrer Tasche nach der Visitenkarte des Kommissars. „So ein Mist!" Sie lehnte sich gegen die Wand der Zelle und schloss kurz die Augen. Sie hatte die Karte schon wieder vergessen. Sie lag als Papierknäuel in ihrem Bett im Haus am See in Kauzing. Da, wo sie sie heute Morgen nach dem Aufwachen hatte liegen lassen.

„Mist!“, wiederholte Frau Maier noch einmal lauter. Aber wenn sie ganz ehrlich war, dann spürte sie auch eine heimliche Erleichterung. Sie konnte nichts dagegen tun, die Polizei war ihr einfach nicht geheuer. Und sie wusste immer noch nicht, wie sie erklären sollte, dass sie den Brief vom Anwalt gefunden hatte. Und wie sie sagen sollte, dass die Vroni in Gefahr war, und dass man dringend ihr Fahrrad untersuchen lassen sollte. Und wie sie beschreiben sollte, dass sie auch nach Konnys Tod eine Gestalt im Königsmantel gesehen hatte. Mehrfach.

In der Telefonzelle war es heiß. Sehnsüchtig schaute Frau Maier zum blauen Wasser hinüber. Sie stellte sich vor, wie frisch es war. Wie kühl. Wie klar. Sie konnte sich noch erinnern, wie es aussah, wenn man tauchte und unter Wasser die Augen aufmachte. Wie die Strahlen der Sonne durch die Wasseroberfläche fielen. Und dass man das Gefühl hatte, unter Wasser nach ihnen greifen zu können. Oder zwischen ihnen hindurchtauchen, so wie durch die Tore bei einem Slalom. Aber das war vorher gewesen. Bevor sie aufgehört hatte zu tauchen.

Sie holte tief Luft. Es war nicht nur heiß, sondern auch sehr stickig in der Telefonzelle. Und alle Oliver Schachners der Welt konnten jetzt die andere Sache nicht mehr aus ihrem Kopf verdrängen. Die Sache, die sie seit Tagen beschäftigte. Verfolgte. *Manche Ängste haben in unserem Leben irgendwann ausgedient.* Frau Maier holte ihr Notizbuch aus der Handtasche und wählte die Nummer, die sie sich dort notiert hatte.

„Schlossverwaltung, Grüß Gott!“, meldete sich eine freundliche Frauenstimme.

„Maier hier, Grüß Gott.“ Frau Maier stockte kurz. *I'm so lonely, I could die*, sang Elvis in ihrem Kopf. Sie atmete langsam aus. „Ich bräuchte morgen einen Tag Sonderurlaub. Ich muss zu einer Beerdigung“, sagte sie dann mit fester Stimme.

VI

Der Steg hinter der kleinen Kapelle war menschenleer. Umso besser. Die Vroni hatte ihr von diesem Steg erzählt, und dass es nichts Schöneres gab als nach der Arbeit hier auszuruhen. Um dorthin zu gelangen, musste man an der Anlegestelle für die Dampfer vorbei und dann durch ein kleines Waldstück laufen. Hierher verirrten sich so gut wie nie Touristen, denn das Schloss lag genau am anderen Ende der Insel.

Frau Maier ließ sich auf dem Steg nieder und

legte sich hin. Nach der stickigen Telefonzelle und nach dem Entschluss, den sie gerade gefasst hatte, brauchte sie dringend Erholung. Das Holz war ganz warm und unter ihren ausgebreiteten Händen spürte sie seine rauen Fasern. Die Hitze des vergangenen Tages drang durch ihre Bluse und wärmte ihren Rücken. Wohlig streckte sie sich noch länger aus. Wenn ich die Katze wäre, dann würde ich jetzt schnurren, dachte sie. Ganz laut. Frau Maier schloss die Augen und lauschte den leisen Geräuschen ringsum. Dem sanften Plätschern des Wassers gegen die Holzstehlen. Dem Brummen eines weit entfernten Dampfers. Einem Vogel, der ein Lied anstimmte. Den Grillen im hohen Gras. Frau Maier lächelte. Langsam rückten die Geräusche in den Hintergrund, so als würde jemand den Ton immer leiser drehen. Sie ließ sich in einen angenehmen Halbschlaf gleiten.

Doch plötzlich war sie hellwach.

„Frau Maier", flüsterte eine Stimme.

Sie setzte sich auf und blinzelte. Sie musste eine ganze Weile geschlafen haben, denn die Sonne stand jetzt sehr tief und die Mücken tanzten bereits über der Wasseroberfläche. Ab und zu schnellte ein Fisch aus dem Wasser, um sich eine zu schnappen.

„Frau Maier!“

Da war es wieder, das Flüstern. Eindringlicher und lauter dieses Mal.

Sie drehte sich um. Es war niemand zu sehen.

Sie kniff die Augen zusammen und spähte ins Gebüsch neben der Kapelle. Sie konnte nichts erkennen. Sie wartete einige Minuten, aber es war kein Flüstern mehr zu hören.

Langsam stand Frau Maier auf und seufzte. „Oh mei, oh mei, du spinnst.“ Ihr Knie tat weh, aber sie spürte den Schmerz kaum. Viel schlimmer war doch, dass sie sich in letzter Zeit offenbar nicht mehr auf ihren Verstand verlassen konnte.

„Aber eigentlich auch kein Wunder“, überlegte sie laut. Immerhin war ihr die Gestalt im Samtmantel immer wieder begegnet und hatte sie mit jedem Mal mehr verunsichert. Sie dachte an die Nacht im Klostergarten zurück und spürte eine Gänsehaut auf ihren Armen, die sich bis in ihren Nacken ausbreitete.

Und plötzlich kam ihr ein schrecklicher Gedanke. Vronis mitleidiger Blick fiel ihr ein, als sie ihr vorhin erklärt hatte, dass es seit Konnys Tod niemanden mehr gab, der sich als König verkleidete. Also schien es zu stimmen: Nur sie selbst hatte die Gestalt seit Konnys Tod gesehen.

Was, wenn es sie wirklich nicht gab? Wenn sie Gespenster sah? Wenn sie tatsächlich den Verstand verlor?

Frau Maier drehte sich um und ging den Steg entlang. Nach nur wenigen Schritten erstarrte sie. Da! Zwischen zwei Bäumen, direkt hinter der Kapelle. Da hatte sie eine Bewegung wahrgenommen. Eindeutig.

Frau Maier hielt die Luft an.

Und plötzlich war sie wieder da, die Gestalt. Sie sah den blauen Samtstoff, mit Weiß gesäumt. Der Hermelinmantel. Eine Sekunde nur erkannte sie den hellen Schimmer eines Gesichtes, dann war der Spuk vorbei.

Es raschelte im Gebüsch, doch sie sah niemanden mehr, und nach einigen Augenblicken war es wieder vollkommen still.

Frau Maier betrachtete den Steg im Abendlicht. Die Sonne war untergegangen, der Himmel leuchtete noch golden. Das Wasser war dunkelblau. Doch all diese Schönheit konnte sie in diesem Moment nicht aufmuntern. Sie fröstelte, und sie fühlte sich plötzlich etwas unsicher auf den Beinen. Der Weg zurück zum Dampfersteg erschien ihr unendlich weit – und er führte durch den stillen Wald, der jetzt, nach Sonnenuntergang, von Minute zu Minute düsterer wurde.

Frau Maier.

Dieses Flüstern … Jetzt hörte sie es in ihrem Kopf. Sie schüttelte ihn kurz kräftig, als ob sie so die Stimme und die dunklen Gedanken daraus vertreiben könnte. Doch sie wusste, dass das nicht möglich war. Auch, wenn Frau Maier es nicht zugeben wollte: Sie hatte Angst.

VII

Mitten im Wald fiel ihr auf, dass sie ein Problem hatte. Noch eines. Aber ein echtes. Gespenster hin oder her. Königsmäntel hin oder her.

Es war beinahe dunkel, und das hieß: Es fuhr kein Schiff mehr. Frau Maiers Herz klopfte jetzt so schnell, dass sie kaum noch Luft bekam. Sie wollte schneller gehen, aber sie hatte das Gefühl, nicht vom Fleck zu kommen. Wie in einem Traum. Einem Albtraum. Sie bemühte sich um forsche Schritte, aber ihre Beine fühlten sich wie Pudding an.

„Ganz ruhig“, flüsterte sie. „Ganz ruhig.“

Es war schließlich kein Weltuntergang, wenn sie auf der Insel übernachten musste. Morgen früh würde sie das erste Schiff nehmen und so immer noch rechtzeitig zur Beerdigung in Kauzing sein. Jetzt, wo sie sich dazu durchgerungen hatte, hinzugehen, war ihr der Gedanke, es vielleicht doch nicht zu schaffen, unerträglich.

Es knackste hinter ihr im Gehölz. Kleine Schweißperlen bildeten sich auf ihrer Stirn. „Ganz ruhig", redete sie sich wieder gut zu. „Ganz ruhig." Sie war ja nicht auf irgendeiner einsamen Südsee-Insel, wo wilde Tiere lauerten ...

Aber Menschen lauerten hier. Menschen, die hinter ihrem Rücken herumschlichen. Oder Gespenster? Nein. Der zweite Mantel war weg, das war eine Tatsache. Und das bedeutete, dass jemand ihn an sich genommen hatte. Und sie wusste jetzt, wer ihn hatte. Wer den Mantel anzog. Wer sie verfolgte. Sie hatte nur keine Ahnung, warum.

Huhuuuuuuuuuuuuuuuuu.

Frau Maier erstarrte. Sie erkannte das Geräusch sofort.

Huhuuuuuuuuuuuuuuuuu. Klar und klagend kam der Ruf aus den dunklen Bäumen über ihr. Ein Käuzchen. *Wenn das Käuzchen ruft, dann stirbt jemand.* Das hatte die Mutter immer gesagt. Eine Gänsehaut breitete sich über ihre Arme und den Hals bis auf ihre Kopfhaut aus. Huhuuuuuuuuuuuuuuuuuuuuuuuu.

Sie begann zu rennen.

Jetzt war der Dampfersteg schon in Sichtweite. Sie wusste, dass es keinen Sinn hatte, dorthin zu gehen, aber sie lief trotzdem darauf zu. Eigentlich sollte sie besser gleich ins ehemalige Kloster gehen. Anja suchen. Die würde ihr bestimmt helfen. Ihr einen Platz auf der Couch anbieten. Oder vielleicht wusste sie auch, ob das Zimmer frei war, in dem sie neulich übernachtet hatte. Frau Maier fröstelte. Das Zimmer war ihr nicht geheuer …

Frau Maier.

Sie erstarrte. Sie drehte sich langsam um.

Es war niemand zu sehen.

Der Dampfersteg lag direkt vor ihr und im Halbdunkel erkannte sie, dass jemand langsam darauf entlangging. Sie blieb erneut stehen und zögerte. Sollte sie fragen, ob vielleicht doch noch ein Schiff käme? Nein, lieber nicht. Auf dieser Insel war ihr nichts und niemand mehr geheuer. Sie wich einige Schritte zurück, doch es war zu spät. Die Figur auf dem Steg hatte sie bereits gesehen und kam jetzt auf sie zu. Frau Maier bemühte sich redlich, das Zittern in ihren Beinen unter Kontrolle zu bringen. Der Erfolg war mäßig.

„Wer sind denn Sie?“, fragte eine etwas mürrische Stimme. Und ein kleiner, alter Mann mit einem leichten Buckel starrte sie misstrauisch an.

VIII

Frau Maier räusperte sich. „Ich bin die … Also Maier ist mein Name. Ich putze im Schloss."

Der Mann betrachtete sie eingehend und nickte. Er hatte offenbar nichts an ihr auszusetzen. Und er ließ sich mit keinem Wimpernzucken anmerken, dass er längst wusste, wer sie war.

„Wissen Sie vielleicht, ob noch ein Schiff geht?"

Der Mann kniff die Augen zusammen und lachte kurz. „Wie kommen Sie denn darauf? Neunzehnfünfzig das Letzte. Ist längst weg. Fünfunddreißig Personen an Bord."

Frau Maier brauchte kurz, bis die Information durchgesickert war. „35 Personen?", fragte sie dann. „So genau wissen Sie das? Arbeiten Sie hier?"

Er nickte. „Stegwart", sagte er kurz angebunden und zeigte auf die kleine Hütte hinter sich.

Düster erinnerte sich Frau Maier, dass von dort eine Stimme über Lautsprecher ertönte, wenn viel los war. Eine Stimme, die die Touristen ermahnte, sich auf der richtigen Seite anzustellen, und die ansagte, wohin der nächste Dampfer fuhr. Aber sie hatte sich nie die Mühe gemacht, einen genaueren Blick in den Holzverschlag zu werfen.

Frau Maier ließ die Schultern hängen. Das letzte Schiff war weg. Und die Katze …

„Wo müssen Sie denn hin?"

„Kauzing." Frau Maier seufzte.

„Oh mei, das ist ja ganz am anderen Ufer drüben."

„Ich weiß. Und ich muss dringend meine Katze füttern."

Der Stegwart betrachtete sie noch einmal eingehend. „Sie können mit mir mit dem Boot zum Ufer rüberfahren. Von dort geht noch ein Bus."

IX

Die Überfahrt war wie ein Traum. Frau Maier saß in dem kleinen Motorboot und der milde Fahrtwind streichelte ihr Gesicht. Das Wasser wurde vom Boot in zwei silbrig-blaue Hälften zerteilt. Zwei Hälften eines Königsmantels.

Frau Maier schaute zur Insel hinüber. Sie fuhren gerade an dem Steg vor der kleinen Kapelle vorbei. Für einen Moment glaubte sie, dort jemanden zu erkennen. Jemanden – oder etwas? Eine Gestalt, die einen langen Mantel trug. Eine Gestalt, die zu ihnen herüberstarrte.

Frau Maier schloss schnell die Augen. Als sie

sie wieder öffnete, lag die Insel bereits ein gutes Stück hinter ihnen. Sie drehte sich um. So sehr sie sich anstrengte, sie konnte niemanden mehr dort erkennen. Nur …

Sie kniff die Augen zusammen. Nur ein weißer Fleck schwebte da in der Dunkelheit. Der Hermelinkragen … Oder bildete sie sich das etwa schon wieder nur ein? Frau Maier merkte, dass ihr flau im Magen wurde und sie drehte sich wieder zurück zur Fahrtrichtung.

Es war ganz still. Keine Dampfer, keine Segelboot, keine Tretboote, keine Schlauchboote. Nur der große, dunkle See und der große, dunkle Nachthimmel.

Ihr Kapitän schien auf Gespräche keinen gesteigerten Wert zu legen und so schwieg Frau Maier ebenfalls. Am Ufer angekommen, machte er sein Boot fachmännisch fest und deckte es sorgfältig mit einer Plane zu.

„Haben eigentlich viele Leute, die drüben auf der Insel arbeiten, ein eigenes Boot?", fragte Frau Maier. Ihr war noch nie der Gedanke gekommen, dass man auch anders als mit dem Dampfer auf die Insel gelangen konnte.

„Einige", antwortete der Stegwart. Dann fügte er hinzu: „Zur Bushaltestelle ist es ein Stück. Ich bringe Sie hin."

X

Zuerst hatte sich Frau Maier über das Angebot gefreut. Sehr sogar. Sie war richtig erleichtert gewesen. Die Vorstellung, alleine von der Anlegestelle durch das fremde Dorf bis zur Bushaltestelle zu gehen, noch dazu im Dunkeln, hatte ihr nicht sonderlich behagt. Aber als sie sah, wie er sie zur Bushaltestelle bringen wollte, da schüttelte sie energisch den Kopf.

„Nein, niemals steige ich auf so ein wackeliges Ding!“ Sie beäugte das klapperige, alte Fahrrad misstrauisch. Sie benutzte noch nicht einmal ihr eigenes Rad, das seit Jahren hinter dem Haus vor sich hin rostete. Und erst recht würde sie sich nicht auf den Gepäckträger setzen.

„Meinen Sie etwa, ich schaffe das nicht?“ Die Stimme ihres Retters klang verärgert. „Nur weil ich nimmer der Jüngste bin, glauben Sie wohl, ich habe nicht mehr genug Schmalz in meinen Wadeln“

„Doch, doch, natürlich“, warf Frau Maier schleunigst ein. Sie seufzte. Wenn sie ihn nicht beleidigen wollte, dann musste sie jetzt wohl oder übel aufsteigen.

Kurz darauf fuhren sie schnaufend durch die Nacht. Er schnaufte, weil Frau Maier nicht die zierlichste Figur hatte. Und sie schnaufte, um ihre Panik unter Kontrolle zu bringen.

Als sie die Bushaltestelle erreicht hatten, waren beide in Schweiß gebadet. Und Frau Maier war ganz sicher, dass seine Beine mindestens genauso zitterten wie ihre. Aber sie würde sich hüten, ihn danach zu fragen.

„Danke!“, rief sie ihm nach, als er in die Nacht hineinradelte. „Vielen Dank!“

„Passt schon“, kam es zurück.

Und dann rief er noch etwas, das sie nicht richtig verstehen konnte, denn er war schon zu weit weg. Frau Maier runzelte die Stirn. Es hatte geklungen wie „Ich mag Katzen!“

Achtes Kapitel
`Mittwoch

I

Der Weg zum Kauzinger Friedhof erschien ihr unendlich weit und unendlich beschwerlich. Sicher, es ging dorthin ein Stück bergauf. Aber das machte ihr doch normalerweise nichts aus? Aber heute …

„Oh mei", seufzte Frau Maier und spürte die Schweißperlen auf der Stirn und im Nacken. Ihr Mund war trocken. Autos fuhren an ihr vorbei, Radfahrer überholten sie, und Fußgänger kamen aus allen Richtungen. Es würde ein riesiges Begräbnis werden. Ganz Kauzing würde da sein. Es ging ja schließlich um die Maria. Die Maria aus einer alteingesessenen, wohlhabenden Kauzinger Familie. Die Frau vom Fischer-Karli, der allseits beliebt und überall gern gesehen war. Wasserwacht, Sportverein, Kegelclub.

Frau Maier blieb stehen. *Die hat Nerven,* zischte es in ihrem Kopf. *Was will die denn hier?* Für einen Moment lang war der Impuls, umzukehren und schnell zu ihrem sicheren Haus am See zurückzulaufen, fast übermächtig groß. Aber dann kam ihr Franks ruhige Stimme in den Sinn. *Manche Ängste haben in unserem Leben keine Daseinsberechtigung mehr.* Und sie tastete in ihrer Tasche nach dem Stück Papier, auf dem in Karlis

Handschrift *Bitte komm zur Beerdigung* stand. Sie ging weiter.

II

Als sie das Tor zum Friedhof erreicht hatte, musste sie noch einmal all ihre Willenskraft bündeln, um nicht wegzurennen. Ganz schnell und ganz weit.

Der Friedhof war voll. Sie sah das Spalier von Kauzingern aus ihrem Traum vor sich und der Boden wankte unter ihren Füßen.

Wann war sie zuletzt auf diesem Friedhof gewesen? Sie konnte sich nicht erinnern. Sie hatte niemanden, den sie hier betrauern konnte. Ihre Eltern waren weit weg. In der Heimat. Sie hatte die Ersparnisse von Jahren dafür verwendet, ihnen den letzten Wunsch zu erfüllen. Die Reise zurück in die Heimat. In zwei Urnen. Und ohne sie. Das Geld hatte nicht mehr gereicht. Sie hatte die Urnen alleine wegschicken müssen.

Frau Maiers Augen brannten und sie spürte, wie alle Kraft sie verließ. Sie fühlte sich unendlich einsam. Nein, sie fühlte sich nicht nur so. Sie war es. *I'm so lonely, I could die.*

„Frau Maier, schön, Sie zu sehen!“, sagte in

diesem Moment eine vertraute Stimme neben ihr. Elfriede Gruber lächelte ihr zu. „Kommen Sie mit zu mir, ich habe einen Platz unter einem Baum im Schatten gefunden. Es ist ja so voll, dass man kaum weiß, wo man sich hinstellen soll!“ Und sie nahm Frau Maiers Arm und bugsierte sie durchs Tor.

III

Der See war türkisblau. Oder eher grün? Frau Maier saß auf den heißen Steinen am Ufer. Sie musste an den Kalender denken, den Elfriede Gruber in ihrem Büro in der Sparkasse über dem Schreibtisch aufgehängt hatte. Südsee-Motive. Genauso sah das Wasser darauf aus.

Frau Maier legte sich hin und seufzte zufrieden. Die Reise in die Südsee konnte sie sich also sparen. Sie hatte alles, was sie brauchte, direkt vor ihrer Haustür. *Daheim.* Sie fühlte sich leicht und unbeschwert. So, als würde sie ein paar Zentimeter über dem Boden schweben.

Frau Maier konnte noch immer kaum glauben, was heute auf dem Friedhof passiert war. Nämlich nichts.

Niemand hatte geflüstert. Niemand hatte sie

böse angestarrt. Neben Elfriede unter dem Baum hatte sie die Zeremonie mitverfolgt. Als eine der Letzten war sie später ans Grab gegangen und hatte dem Karli fest die Hand gedrückt. Er hatte so erleichtert ausgesehen, als ihre Blicke sich getroffen hatten. Und er hatte ganz leise „Danke!" gemurmelt.

Frau Maier nahm einen heißen Stein in die Hand und spürte, wie seine Wärme langsam unter ihre Haut kroch. Genau so hatte es sich angefühlt, als Elfriede heute nach der Beerdigung zu ihr gesagt hatte: „Ich treffe mich doch immer am Dienstagabend beim Griechen mit ein paar Freundinnen. Hätten Sie vielleicht Lust, mal mitzukommen?" Die Wärme war unter ihre Haut gekrochen, und sie war seitdem dort geblieben.

An diesem Abend saß Frau Maier noch lange auf ihrer Terrasse. Die Luft war warm und weich. Ein lautes Grillen-Konzert schloss alle anderen Geräusche ringsum aus.

Sie beobachtete, wie ein Stern nach dem anderen am Firmament auftauchte. Im Garten tanzten ein paar Glühwürmchen. Frau Maier freute sich darüber, denn sie liebte Glühwürmchen. Aber sie wunderte sich auch, denn eigentlich waren die leuchtenden Käfer nur im Frühsommer und um Mittsommer zu sehen. Jetzt war eigentlich die Zeit der Sternschnuppen, und nicht die der Glühwürmchen.

Das ist ein Zeichen. Ein Glückszeichen. Ich darf mir bestimmt etwas wünschen, beschloss sie und lächelte. Sie überlegte, doch es fiel ihr auf Anhieb kein Wunsch ein. Sie wünschte sich weder mehr Geld noch ein gesundes Knie. Sie dachte nicht ans Schloss, nicht an die Insel, nicht an die Gestalt im Königsmantel, nicht an den Fahrradunfall. Sie dachte nicht an den Karli und nicht an die Maria.

Sie schwebte über dem Boden und sie war gleichzeitig tief verwurzelt mit ihm. Sie fühlte sich so zuhause in ihrem Garten und in ihrem kleinen Haus am See und in Kauzing wie noch nie zuvor.

Neuntes Kapitel
Donnerstag

I

Auch am nächsten Morgen hielt Frau Maiers Hochstimmung an. Sie hatte geschlafen wie ein Kieselstein aus dem See. Sie fühlte sich so wach und so frisch wie schon lange nicht mehr.

Sie stand an Deck des Dampfers und hielt ihr Gesicht in den Fahrtwind. Jetzt, am frühen Morgen, war die Luft frisch und klar, das Wasser dunkelblau, und die Berge lagen leicht verschwommen in der Ferne. Frau Maier kniff die Augen zusammen. Es würde wieder ein heißer Tag werden.

Auf der Insel angekommen, wollte sie dem Stegwart winken, der sie vor zwei Tagen gerettet hatte, aber er schaute einfach durch sie hindurch. Hatte er sie nicht erkannt? Oder war er mit den Gedanken woanders? Oder wollte er sie einfach nicht grüßen? Egal. Frau Maier hatte keine Lust, schon wieder darüber zu grübeln, was andere von ihr dachten. „Zeitverschwendung", murmelte sie. Mit energischen Schritten machte sie sich auf den Weg zum Schloss.

II

Zehn, elf, zwölf. Bisher fast nur Angestellte an diesem Morgen. Ein paar frühe Besucher, die wohl auf der anderen Insel übernachtet und mit dem ersten Schiff herübergekommen waren. Dreizehn, vierzehn. Da war sie ja wieder. Offenbar hatte sie den Bus erwischt. Fünfzehn. Sechzehn. Sie winkte. Siebzehn. Achtzehn. Er ließ sich nicht anmerken, dass er sie beobachtete. Neunzehn, zwanzig. So wie immer.

III

Sobald sie das Schloss betrat, war alles anders. Sicher, sie fühlte sich immer noch gut. Und stark. Und erleichtert. Sie freute sich immer noch auf Franks Gesicht, wenn sie ihm sagen würde, dass sie zur Beerdigung gegangen war. Aber als sie die Prunkräume betrat und den Geruch aus Holz, Samt und Staub einatmete, und als sie die Stille um sich herum spürte, da kam alles zurück.

Konny. Vroni. Schachner. In ihrem Nacken setzte das Kribbeln ein. Und dann war da auch wieder ein leises Geräusch. Schritte. Samt auf Parkett. Ein Lufthauch, der das Kristall an den Lüstern klirren ließ. Sie fuhr herum und sah den Samtmantel hinter einer Spiegeltür verschwinden. Dieses Mal zögerte sie nur wenige Sekunden, dann setzte sie sich in Bewegung. So schnell sie konnte, rannte sie der Gestalt nach. Durch den Spiegelsaal. In den Gang, der zu den Privatgemächern des Königs führte. Durch das Schlafzimmer und das Arbeitszimmer, in den Speisesaal. Frau Maier verlangsamte ihre Schritte. Die Gestalt war weg. Wieder einmal wie vom Erdboden verschluckt. Ihr Herz raste, das Knie schmerzte.

„Und das nach einer Minute rennen. Na bravo", keuchte Frau Maier. In dem Moment hörte sie Schritte hinter sich und fuhr herum.

Anja kam auf sie zu und sah besorgt aus. „Alles in Ordnung?"

Frau Maier bemühte sich, weniger laut zu schnaufen und lächelte. „Alles bestens!"

Anja runzelte die Stirn. „Sie sehen aus, als hätten Sie gerade ein Gespenst gesehen!" Sie zögerte. „Und ich habe Sie reden hören ..."

Frau Maier kannte diesen mitleidigen Blick. Genauso hatte die Vroni ausgesehen, als sie über die Erscheinung im Samtmantel geredet hatten. Frau Maier seufzte. Ab einem bestimmten Alter wurde man offenbar recht schnell für etwas verwirrt gehalten. Genauso war es mit dem Kommissar Brandner gewesen, der ihr damals nicht geglaubt hatte, dass sie eine Leiche am See entdeckt hatte. *Verwirrte Oma narrt die Polizei* hatte die Zeitung geschrieben.

„Frau Maier?“, fragte Anja vorsichtig.

Ist der Ruf erst ruiniert …, dachte Frau Maier und sagte: „Ich glaube, ich habe tatsächlich ein Gespenst gesehen. Ein Gespenst im blauen Königsmantel. Aber es ist verschwunden. Haben Sie jemanden bemerkt?“

Anja sah jetzt wirklich erschrocken aus. „Nein! Nein, ich habe niemanden gesehen. Der Mantel … Den hatte doch nur der Konny an.“ Sie überlegte kurz. „Vielleicht ist Ihnen das alles sehr nahegegangen. Ein bisschen zu nahe vielleicht?“

Frau Maier zog leicht die Augenbrauen hoch, aber sie sagte nichts.

„Ich kann es wirklich verstehen!“, fügte Anja schnell hinzu. „Mir ist es auch in die Knochen gefahren. Und Sie haben den Konny ja auch noch gefunden! Das ist ein schrecklicher Schock.“

Frau Maier lächelte Anja freundlich an. „Ich bin schon noch richtig im Kopf, wenn Sie das meinen. Aber vielleicht habe ich tatsächlich eine etwas lebhafte Phantasie.“

Anja nickte und wusste offenbar nicht, was sie darauf sagen sollte. „Ich muss weiter …“ Sie fuhr sich verlegen durch ihre blonden Stoppelhaare und verschwand im Gang.

Frau Maier stand eine Weile da und spürte, wie ihr Herzschlag und ihr Atem wieder ruhig wurden. Langsam ging sie ins Schlafzimmer und betrachtete die Stelle auf dem Boden, an der die Leiche gelegen hatte. Sicher, die ganze Sache war ihr tatsächlich nahegegangen. Aber doch nicht so nahe, dass sie den Verstand verloren hatte?

„So ein Schmarrn“, sagte sie laut in die Stille hinein. Als sie den Blick durch das Zimmer schweifen ließ, da erinnerte sie sich plötzlich an etwas, das sie zusammenzucken ließ, als hätte sie einen Stromschlag bekommen. Was hatte die Vroni bei ihrem Gespräch im Aufenthaltsraum vorgestern gefragt? *Alle Geheimgänge gefunden?* Frau Maiers Herzschlag beschleunigte sich wieder, als ihr einfiel, was die Vroni noch hinzugefügt hatte. *So viele sind es ja nicht. Der hinter dem Bett halt.* Und der Kommissar, damals im ersten Verhör? *Also wer immer das war, kennt sich aus im Schloss. Kennt die Geheimgänge.* Wieso hatte sie daran nicht früher gedacht?

Frau Maier drehte sich um und spähte in den Gang, der vom Schlafzimmer wegführte. Niemand zu sehen. Schnell schlich sie hinter das Bett und begann, an der Wand entlangzutasten.

Schon nach wenigen Sekunden spürte sie einen Spalt und erkannte bei genauem Hinsehen eine Tür. Sie drückte dagegen, sie gab nach. Vor ihr lag ein winziger, dunkler Raum und es war eine kleine Wendeltreppe erkennbar, die nach unten führte. *Betreten ist strengstens verboten. Zu gefährlich,* sagt der Chef. Sie beschloss, diesen Teil des Gesprächs mit der Vroni zu ignorieren. Rasch schlüpfte sie durch die Tür und zog sie hinter sich zu.

IV

Einen Augenblick lang blieb Frau Maier ganz ruhig stehen und wartete, bis sich ihre Augen an die Dunkelheit gewöhnt hatten. Durch den Spalt in der Wand hinter ihr fiel ein wenig Licht, sodass sie die Treppe vor ihr jetzt gut erkennen konnte. Aber viel Platz war hier wirklich nicht. Und viel Luft auch nicht. „Zum Glück habe ich keine Platzangst", sagte sie aufmunternd zu sich selbst und betrat dann die oberste Stufe. Es gab kein Geländer.

Frau Maier holte tief Luft. Kein Wunder, dass Herr Schachner den Mitarbeitern den Zutritt zu diesem Geheimgang verboten hatte. Man konnte hier wirklich sehr leicht stolpern und stürzen. Und wenn jetzt von oben jemand käme und ihr einen kleinen Schubs geben würde …

„So ein Schmarrn!“ Frau Maier ignorierte das Kribbeln in ihrem Nacken und ging langsam und vorsichtig, Stufe für Stufe, weiter nach unten. Als sie um die erste Kurve der Wendeltreppe gebogen war, wurde es dunkler, weil der Lichteinfall von oben weniger wurde. Frau Maier musste pausieren und kniff die Augen zusammen. Sie tastete mit den Händen nach den Wänden rechts und links, um sich zu orientieren. Sie verdrängte den Gedanken an Schwindelanfälle oder plötzliche Knieschmerzen, die sie zum Stolpern bringen könnten. Und vor allem verdrängte sie den Gedanken an eine Hand von oben.

Plötzlich stutzte Frau Maier. Was war das? Rechts in der Wand schien es eine Ausbuchtung zu geben. Eine Art Geheimfach in der Wand – aber ohne Tür davor. Und in diesem Fach … Ihre Hand zucke zurück. Frau Maier atmete dreimal tief ein und aus. Dann streckte sie die Hand ganz langsam wieder aus. Sie nahm allen Mut zusammen und tastete. Dort lag etwas Weiches. Etwas samtig Weiches. Sie beugte sich vor und kniff wieder die Augen zusammen. Etwas Helles schimmerte ihr entgegen. Frau Maier schluckte.

Trotz der Dunkelheit wusste sie ganz genau, was da lag.

„Der zweite Mantel", wisperte sie. Einen Moment lang hatte sie keine Ahnung, was sie jetzt machen sollte. In ihrem Kopf wirbelten die Fetzen aus dem Gespräch zwischen Herrn Schachner und Kommissar Förster wild durcheinander. Und Gedanken an die Vroni und ihren Fahrradunfall. Und an die Tür im Aufenthaltsraum, die leise zugegangen war.

Sie tastete noch einmal. Eindeutig. Es musste der Mantel sein. Aber jetzt spürte sie noch ein anderes Material, was war das? Haare! Das waren doch Haare …

Sie hielt vor Schreck die Luft an, als ihr das Bild von Konnys Kopf in den Sinn kam, aus dem das Blut floss und seine Haare verklebte. Doch im nächsten Moment erkannte sie, dass die Haare sich nicht echt anfühlten. Und dass in der Nische in der Wand natürlich kein Platz für eine Leiche war. Es war nur eine Perücke. Sie atmete tief durch. Direkt neben der Perücke ertastete sie noch etwas … Papier. Ein kleines Stück Papier. In der Dunkelheit konnte sie nicht erkennen, was es war. Frau Maier nahm das Papier und steckte es in ihre Hosentasche.

Inzwischen war das Kribbeln im Nacken so

stark, dass sie es nicht mehr ignorieren konnte. *Gefahr*, schrie es. *Du bist in Gefahr! Die Vroni ist in Gefahr!* Die Wände der engen Treppe schienen noch näher zusammenzurücken und die Luft wurde immer knapper. Auch, wenn sie bisher nie Platzangst gehabt hatte: Das hier war der perfekte Ort, um welche zu entwickeln.

Schritt für Schritt stieg Frau Maier die Treppe weiter herunter. Nach der nächsten Kurve sah sie von unten eine schwache Lichtquelle, die die Dunkelheit erhellte. Sie atmete auf. Doch im nächsten Moment erstarrte sie. Dort unten stand jemand und wartete auf sie.

V

Ihr erster Impuls war umzukehren. Aber die Treppe war so eng, dass sie sich nicht umdrehen konnte. Und rückwärts im Dunkeln nach oben – dafür würde sie zu lange brauchen. Frau Maier zögerte. Sie starrte nach unten. Sie schwitzte.

Auf einmal stieß die Gestalt mit einer schnellen Bewegung die Tür hinter sich weiter auf, sodass noch mehr Licht hereinfiel. „Hallo? Wer ist denn da?“ Oliver Schachner spähte nach oben. „Frau Maier? Sie?“, fragte er dann verdutzt.

Frau Maier spürte das Kribbeln immer noch. Und sie wusste, dass Oliver Schachner nicht verdutzt war. Sie wusste, dass er den Mantel gerade dort oben deponiert hatte. Und sie wusste, dass er sie in diesem Mantel in den letzten Tagen verfolgt hatte. Sie hatte nur immer noch keine Ahnung, warum. Aber wenn er schauspielern wollte, bitte sehr.

Langsam stieg sie die Stufen weiter nach unten. „Oh mei, Herr Schachner, Gott sei Dank. Ich habe schon gedacht, ich stürze und breche mir das Genick."

„Ach ja?" Seine Stimme klang jetzt ein wenig spöttisch und Frau Maier sah, dass er etwas in der Hand hinter seinem Rücken versteckte. Ihr Herz schlug schneller.

„Ja. Ich habe gehört, dass es da diesen Geheimgang gibt, wissen Sie. Und ich bin doch so neugierig. Und da dachte ich …"

„Wissen Sie denn nicht, dass es verboten ist, den Geheimgang zu betreten?", unterbrach er sie. Täuschte sie sich oder klang seine Stimme jetzt bedrohlich? Sie versuchte sich mit einem schnellen Schritt an ihm vorbei und zur Tür zu lavieren, aber er versperrte ihr den Weg.

„Doch, das weiß ich schon, aber …" Frau Maier suchte nach Worten, um Zeit zu gewinnen. „Und wenn ich gewusst hätte, wie dunkel und eng es da drin ist, dann wäre ich freiwillig nicht rein gegangen. Und vor allem nicht, wenn ich gewusst hätte, dass es da absolut nichts zu sehen gibt." Frau Maier zuckte bedauernd mit den Achseln.

„Ach nein? Es gab nichts zu sehen?" Oliver Schachner machte einen Schritt nach vorne und stand jetzt so nahe vor ihr, dass Frau Maier sich fest gegen die Wand drücken musste, damit sich ihre Körper nicht berührten. Zum ersten Mal fiel Frau Maier auf, dass sein Geruch ihr unangenehm war. Und dass seine Augen eigenartig kalt aussahen.

Sie räusperte sich und wiederholte mit fester Stimme: „Nein, gar nichts." Gleichzeitig versuchte sie, ihren Körper anzuspannen und Kraft zu sammeln, um ihn mit einer schnellen, überraschenden Bewegung wegzustoßen und durch die Tür zu entwischen. Doch ihr Chef machte es ihr nicht leicht. Er kam noch näher und es war unmöglich, sich noch irgendwie zu bewegen.

Na bravo, dachte Frau Maier. Eingesperrt mit einem Psychopathen. Unwillkürlich atmete sie noch schneller. Sie schwitzte noch stärker. Täuschte sie sich oder versuchte Oliver Schachner, seinen Arm zu bewegen? Auszuholen – mit der Hand, die er vorher hinter seinem Rücken versteckt hatte? Sie wollte ihn wegschieben, aber er bewegte sich keinen Zentimeter.

Noch bevor echte Panik in Frau Maier hochsteigen konnte, sagte plötzlich jemand: „Hallo? Alles in Ordnung?"

Oliver Schachner trat zwei Schritte von Frau Maier zurück und fuhr herum. Durch die halb offene Tür spähte Flori, der Schlossführer, in den dunklen Geheimgang.

„Alles in Ordnung, alles bestens!" Die Stimme des Chefs war freundlich und ruhig wie immer.

„Frau Maier, sind Sie das?" Der Flori klang etwas misstrauisch. „Geht es Ihnen nicht gut?"

„Mir geht es gut, Sie können Ihre medizinischen Fachkenntnisse heute leider nicht bei mir anwenden", antwortete Frau Maier betont fröhlich, nutzte aber den Moment, um sich an Oliver Schachner vorbeizuwinden und schnell durch die Tür hinauszuschlüpfen.

„Zum Glück", sagte Flori. „Ich habe aus dem Geheimgang Stimmen gehört und dachte schon, hier haben wir den nächsten Fall …" Er verstummte, als er sah, was Oliver Schachner in der Hand hielt. Es war ein schwerer, goldener Kerzenleuchter.

„Der kam heute von der Polizei zurück, alle

Spuren gesichert.“ Oliver Schachners Stimme verriet keinerlei Nervosität. „Ich wollte ihn nur kurz durch den Geheimgang nach oben ins Schlafzimmer bringen, geht schneller.“ Er lächelte. „Und Frau Maier war so neugierig, da wollte ich ihr den Geheimgang einmal zeigen.“ Er sah Frau Maier scharf an und sie nickte zustimmend.

Flori schaute von einem zum anderen. Er zögerte einige Sekunden. „Wollen wir einen Kaffee trinken, Frau Maier?“, fragte er dann. „Die Vroni und die Anja sind auch hinten im Aufenthaltsraum.“ Frau Maier nickte erleichtert.

„Dann wünsche ich eine angenehme Pause!“ Oliver Schachner lächelte wieder. „Und bitte verraten Sie niemandem, dass ich mit Frau Maier durch den Geheimgang gehen wollte. Immerhin habe ich selbst offiziell verboten, ihn zu betreten.“ Er zuckte entschuldigend mit den Achseln und wirkte wie der freundlichste Chef der Welt.

Frau Maier zitterte ein bisschen und war froh, dass der Flori, der sich offenbar immer im Dienst fühlte, ihren Arm nahm, und sie fürsorglich in Richtung Aufenthaltsraum führte.

Als sie sich noch einmal umdrehte, stand Oliver Schachner regungslos da und starrte ihr nach. Sein Blick war jetzt wieder undurchdringlich und kalt. Ihre Blicke trafen sich. Wir wissen es beide, dachte Frau Maier. Wir wissen, dass ich den Mantel entdeckt habe. Und wir wissen, warum er den Kerzenleuchter dabei hatte.

Sie hatte keine Ahnung, was sie jetzt tun sollte.

Zehntes Kapitel
Freitag

I

Nichts. Gar nichts. Sie hatte einfach gar nichts getan.

Frau Maier drehte sich zum etwa hundertsten Mal in ihrem Bett herum.

Sie hatte mit der Vroni, der Anja und dem Flori Kaffee getrunken und war dann nach Hause gefahren. Sie hatte die jungen Kollegen nicht gewarnt. Sie hatte den Kommissar nicht angerufen.

Aus dem Stück Papier, das sie neben dem Königsmantel gefunden hatte, war sie auch nicht schlau geworden. Es war nur ein kleines Stück, offensichtlich abgerissen von einem größeren Blatt. Und darauf waren einige Buchstaben geklebt, die aber keinen Sinn ergaben.

Frau Maier schwitzte, aber sie wollte die Decke nicht zur Seite legen. Ohne Decke fühlte sie sich im Dunkeln ungeschützt.

Schon fast zwei Wochen ohne Regen, ohne ein wenig Kühle. Heiße Tage, heiße Nächte. Die Wärme erschien ihr mit einem Mal erdrückend und raubte ihr den Atem. Sie setzte sich im Bett auf und starrte in die Dunkelheit. Bald würde das Unwetter kommen. Es braute sich bereits zusammen, sie wusste es. Ihr Herz begann schneller zu klopfen und sie tastete nach dem Buch neben ihrem Bett. *Deutsche Fischküche im Hohen Norden.* Sie hatte vor dem Einschlafen lange darin geblättert, aber es hatte sie nicht beruhigt.

Oliver Schachners Gesicht tauchte vor ihr auf. Seine kalten Augen. Sie versuchte sich an das letzte Rezept zu erinnern, das sie durchgelesen hatte. Brataal. In Butter in der Pfanne gebraten.

Der schwere, goldene Kerzenleuchter in Oliver Schachners Hand wollte sich schon wieder in ihre Gedanken drängen, aber Frau Maier konzentrierte sich mit aller Macht auf den Brataal und das Foto neben dem Rezept. Ein kleines Haus aus roten Ziegelsteinen war auf der Seite abgebildet. Und eine sehr grüne Wiese. *Brataal war lange Zeit in Ostfriesland ein beliebtes Gericht,* stand dort. Frau Maier erinnerte sich genau an den Wortlaut. Ostfriesland erschien ihr von ihrem kleinen Haus in Kauzing genauso weit entfernt wie Las Vegas. Las Vegas. Elvis. Frau Maier zögerte. Sollte sie aufstehen und im Wohnzimmer Elvis hören? An Schlaf war sowieso nicht zu denken. Und sie hatte Elvis in letzter Zeit ziemlich vernachlässigt.

Frau Maier blieb im Bett sitzen. Sie konnte sich nicht überwinden aufzustehen. Es schien ihr, als würde außerhalb des Bettes die Flüsterstimme auf sie warten. *Frau Maier.* Sie zog die

Decke noch enger um sich, obwohl sie schon völlig nass geschwitzt war. *Frau Maier.* Ihr Mund war trocken und sie tastete nach dem Wasserglas auf dem Nachtkästchen.

„So etwas Blödes“, flüsterte sie. Ausgerechnet heute hatte sie vergessen, sich ein Glas hinzustellen. Sie stand langsam auf. Sie wollte nicht nach unten in die Küche gehen, aber sie würde sich ein bisschen ans offene Fenster stellen und die Nachtluft einatmen.

Lange stand sie da und schaute in den stillen Garten. Der See war nicht zu sehen und nicht zu hören. Es war absolut windstill. Die Ruhe vor dem Sturm, dachte Frau Maier, und es fröstelte sie.

Plötzlich raschelte es unten im Garten. Was war das? Die Katze? Frau Maier kniff die Augen zusammen, aber sie konnte die weißen Pfoten nirgends schimmern sehen. Es raschelte wieder. Auf einmal glaubte sie, doch einen hellen Fleck zu erkennen. Aber nicht auf Pfotenhöhe der Katze, sondern viel höher. Sie schluckte. Konnte er es wirklich sein? Der helle Kragen aus Hermelin? Sie hielt sich am Fensterbrett fest. Für einen Augenblick bekam sie kaum Luft. Dann schloss sie mit einer schnellen Bewegung das Fenster und ging zurück zum Bett.

„So ein Unsinn!“, ermahnte sie sich mit fester Stimme. Wenn Oliver Schachner ihr etwas antun wollte, dann konnte er das genauso gut im Schloss tun. Und er musste sich dafür auch nicht den Königsmantel anziehen. Sie zwang sich, tief durchzuatmen und alle Zutaten für den Brataal aufzuzählen. Aber sie brauchte mehrere Anläufe, bis sie es schaffte.

Frau Maier setzte sich aufs Bett und hoffte, dass es bald hell werden würde.

II

Als die Sonne aufging und die Vögel ihr lautes Morgenkonzert anstimmten, da hatte Frau Maier eine Entscheidung getroffen. „Schluss mit dem Nichtstun!“, sagte sie energisch und schwang die Beine aus dem Bett.

Mit Oliver Schachner stimmte etwas nicht, das stand fest. Aber sie musste etwas herausfinden, womit sie das beweisen konnte. Irgendetwas, das ihr endlich einen triftigen Grund lieferte, die Nummer des Kommissars zu wählen.

Und im Morgengrauen war ihr gedämmert, wo sie ansetzen konnte. Sie hatte geflucht, als es ihr eingefallen war. Wieso war sie darauf nicht schon früher gekommen? Warum hatte sie dieses Detail einfach ignoriert?

Nein, mit dem Warten war definitiv Schluss.

Frau Maier hatte einen Plan.

III

Als sie nach dem Putzen im Schloss den Aufenthaltsraum betrat, sank ihr Mut. Ein schneller Blick in die Runde genügte: Die Vroni war nicht da. Ihr Plan würde nicht funktionieren. Mist, dachte Frau Maier.

„Suchen Sie die Vroni?“, fragte in dem Moment jemand hinter ihr. Sie drehte sich um.

Anja lächelte sie an. „Die sitzt draußen im Hof und trinkt Kaffee“, sagte sie.

Na also, geht doch, dachte Frau Maier. Sie durchquerte eilig den Gang, der zu einer Seitentür führte. Am Rande des mit schwarz-weißem Marmor ausgelegten Hofes saß die Vroni und ließ sich die Sonne ins Gesicht scheinen. Sie zuckte zusammen, als Frau Maier sich neben sie setzte.

„Oh Gott, haben Sie mich erschreckt, Frau Maier. Man fühlt sich irgendwie gar nicht mehr sicher hier.“ Sie klang traurig. „Ich habe immer so gerne hier gearbeitet. Das Schloss, die Insel, die Kollegen. Der perfekte Sommerjob! Aber jetzt …“ Sie schüttelte den Kopf.

Frau Maier schaute zum See, der am Ende einer von mächtigen Bäumen bewachsenen Allee spiegelglatt dalag. Er war königsblau mit weißen Tupfen. Das waren die Segelboote. Weißblau, wie der Himmel. Oder wie der Königsmantel.

„Sie sind doch ein optimistischer Mensch“, sagte Frau Maier schließlich. Es war keine Frage, sondern eine Feststellung, und die Vroni nickte zögerlich. „Irgendwann werden in Ihren Gedanken wieder die schönen Dinge überwiegen. Der Tod … Der Mord, meine ich …“ Frau Maier räusperte sich. „Also, was ich sagen will: Es ist eine schlimme Sache und wird es immer bleiben. Aber alles andere, alles Schöne, bleibt doch trotzdem, wie es war.“

Sie verstummte. War das gerade Blödsinn gewesen? Leere Worte, nur so zum Trost dahingesagt? Sie überlegte. Nein. Es war kein Blödsinn. Sie dachte an die Beerdigung, an die Maria und an den Karli. Wie sehr hatte sie gelitten, weil der Karli die Maria geheiratet hatte. Und weil alle im Dorf gedacht hatten, dass sie ihn der Maria absichtlich hatte ausspannen wollen. Aber trotzdem: Wenn sie zurückblickte, dann überwogen in der Erinnerung trotzdem die schönen Momente mit ihm. Sie konnte es jetzt beurteilen, weil sie seit der Beerdigung das Gefühl hatte, dass die Sache endlich abgeschlossen war. Sie war mit der Maria im Reinen. Und mit Kauzing. Und mit sich.

Und mit dem Karli? Das wusste sie nicht. Noch nicht.

„Frau Maier?"

Frau Maier zuckte zusammen. Sie war so weit weg gewesen, dass sie nicht nur die Vroni, sondern auch ihren Plan aus den Augen verloren hatte. Es war Zeit, zu ihm zurückzukehren.

„Auch was Ihren Chef betrifft, werden Sie vielleicht irgendwann noch einmal das Positive sehen", sagte sie.

Die Vroni starrte sie ungläubig an. „Wie bitte? Er hat immer noch keine Trauerfeier …"

„Ich weiß, ich weiß", unterbrach Frau Maier sie schnell. „Sie sind wütend auf ihn …"

Die Vroni wollte einhaken, aber sie redete schnell weiter: „Und ich verstehe das vollkommen! Aber immerhin war er doch Konnys Klassenkamerad. Vielleicht hat er ihm deswegen die Arbeit hier gegeben? Das könnte doch sein, denken Sie nicht? Dass er ihm helfen wollte?" Die Vroni warf ihr einen verächtlichen Blick zu und Frau Maier ergänzte: „Auf *seine* Art, meine ich?"

„Nein, das wollte er nicht! Der Konny war schon hier beschäftigt, bevor der Schachner überhaupt Chef wurde."

Mist, dachte Frau Maier bereits zum zweiten Mal. Ihr Plan wollte einfach nicht so recht funktionieren. Aber irgendeinen Zusammenhang musste es doch geben?

„Er wollte ihn nach der Sache mit dem Mantel sogar rauswerfen", ergänzte die Vroni.

„Nach der Sache mit dem Mantel?"

„Das habe ich Ihnen doch erzählt. Der Konny hat sich als König verkleidet und ist durchs Schloss gelaufen, während die Besucher durchgeführt wurden. Und da wollte der Schachner ihn rauswerfen. Er hat es sogar getan. Fristlose Kündigung. Aber dann …"

Frau Maiers Puls beschleunigte sich ein kleines bisschen. „Ja?" Sie hoffte, dass sie nicht so atemlos klang, wie sie sich fühlte. Sie brauchte endlich einen Hinweis!

„Aber dann war er am nächsten Tag doch wieder da. Einfach so. Der Schachner hatte die Kündigung wieder zurückgezogen. Und niemand wusste, warum."

Frau Maier spürte das Kribbeln im Nacken.

„Haben Sie den Konny nicht gefragt? Sie haben sich doch gut verstanden."

„Doch, klar, habe ich ihn gefragt. Nachdem hier wilde Gerüchte die Runde gemacht haben, dass dem Konny gar nicht gekündigt werden *kann*, weil er etwas über den Schachner weiß, was niemand wissen darf." Die Vroni setzte ein dramatisches Gesicht auf und raunte theatralisch: „Ein dunkles Geheimnis, eine Leiche im Keller."

Frau Maier hielt die Luft an. Das klang gut. Das klang sogar sehr gut!

Die Vroni lachte. „War natürlich alles Quatsch!"

Frau Maier atmete aus. Mist, dachte sie schon wieder.

„Es war nur wegen dem Herrn Gassner", sagte die Vroni.

„Wegen dem Herrn Gassner?" Frau Maier war verwirrt. „Wer ist das denn?"

„Das war unser Schuldirektor. Ein toller Mann. Der beste Lehrer, den Sie sich vorstellen können!"

Frau Maiers Verwirrung wuchs. Was hatte denn der Schuldirektor mit alledem zu tun?

„Der Herr Gassner war ledig und hatte keine Kinder. Vielleicht hat er sich deswegen so um uns alle bemüht." Die Vroni schaute nachdenklich auf den See. „Auch nach Jahren noch konnte er sich an jeden einzelnen Schüler erinnern. Und viele Ehemalige haben den Kontakt zu ihm gehalten. Er ist für viele so eine Art Mentor. Jemand, bei dem man sich Rat holt." Sie zuckte mit den Achseln. „Als ich zur Schule ging, wurde er gerade pensioniert. Ich habe ihn nur noch zwei Jahre miterlebt. Trotzdem besuche ich ihn auch noch ab und zu."

Frau Maier verstand immer noch nichts. „Und der Konny?", fragte sie.

„Der Konny mochte ihn wahnsinnig gerne. Und der Schachner hat ihn verehrt. Immer schon."

„Und Sie waren auf derselben Schule wie der Konny und der Schachner?" Frau Maier hatte das Gefühl, dass ihre Gehirnwindungen im Augenblick ein kleines bisschen zu lang waren.

„Ja, klar. Wir sind ja alle aus demselben Ort, direkt am Ufer drüben."

„Ich verstehe immer noch nicht, was das mit der Kündigung zu tun hat."

„Ganz einfach: Der Herr Gassner hat dafür gesorgt, dass der Schachner die Kündigung wieder zurücknimmt."

„Aha." Frau Maier fiel nichts weiter dazu ein, aber zum Glück war die Vroni in ihrer üblichen Erzähllaune.

„Der Herr Gassner kennt jeden, der im Landkreis wichtig ist. Wirklich jeden. Logisch, die waren ja alle irgendwann an seiner Schule. Und er hat wohl irgendwo ganz oben ein gutes Wort für den Schachner eingelegt, damit der Chef im Schloss wurde. Warum auch immer." Sie schnaubte. „Jeder macht wohl mal Fehler. Sogar der Herr Gassner." Sie zuckte mit den Schultern. „Na ja, und jetzt stellen Sie sich vor: Der Schachner hat den Herrn Gassner sowieso schon immer verehrt und dann verhilft der ihm auch noch zur großen Karriere! Da konnte der Herr Gassner natürlich im Gegenzug auch einen kleinen Gefallen vom Schachner verlangen. Zum Beispiel, dass er die Kündigung zurücknimmt."

„Aber warum wollte er das?"

„Gerechtigkeitssinn? Hilfsbereitschaft? Nennen Sie es, wie Sie wollen. Der Herr Gassner ist eben ein guter Mensch. Der Konny hat sich in seiner Not an ihn gewandt und ihm von der Kündigung erzählt. Er war in Panik, wissen Sie. Seine Frau, die dauernd Stress wegen des Geldes gemacht hat, die viel zu teure Wohnung. Er hat die Arbeit hier auf der Insel unbedingt gebraucht. Die Kündigung wäre für ihn eine Katastrophe gewesen!" Jetzt klang Vronis Stimme wieder so traurig wie zu Beginn des Gespräches.

„Also ist der Konny zu seinem ehemaligen

Schuldirektor gegangen und hat ihn um Hilfe gebeten. Weil er wusste, dass der einen großen Einfluss auf den Schachner hat", fasste Frau Maier langsam zusammen.

„Genau. So hat der Konny es mir erzählt. Ein Anruf vom Herrn Gassner beim Schachner hat genügt und die Kündigung war Geschichte. Es ist allerdings bei einer Abmahnung geblieben. Deshalb war es ja so wichtig, dass der Konny sich nicht mehr in seiner Königsmontur erwischen lässt."

„Was der Direktor am Telefon wohl gesagt hat?", überlegte Frau Maier laut.

„Das kann ich mir ganz genau vorstellen! Er hat den Schachner sicher an die gemeinsame Schulzeit erinnert und ihm gesagt, dass er eine gewisse Verantwortung trägt. Weil *er* es schließlich bis zu einem Chefposten gebracht hat, während der Konny …" Sie suchte nach Worten. „… sich ein bisschen schwergetan hat im Leben." Sie geriet wieder ins Schwärmen. „Er ist wirklich so ein toller Mensch, der Herr Gassner. Sie würden ihn mögen."

„Wohnt er denn noch drüben im Dorf?", fragte Frau Maier möglichst beiläufig.

„Er ist letztes Jahr in die Seniorenresidenz am See gezogen. Er ist erst Anfang 70 und topfit, aber da er keine Familie hat, wollte er den Schritt rechtzeitig tun. Und das ist auch kein Heim, wie Sie es sich vielleicht vorstellen. Sondern ein richtig schickes Teil, mit großen Appartements."

„Und Sie besuchen ihn dort?"

„Ja, die Residenz liegt direkt auf meinem Heimweg vom Dampfersteg aus. Ich radle täglich daran vorbei und ab und zu schaue ich rein." Sie verstummte. „Also momentan gehe ich ja zu Fuß, aber eigentlich …"

Frau Maier dachte an Vronis merkwürdigen Fahrradunfall und spürte wieder den kalten Klumpen im Bauch. *Sie hat so eine soziale Ader. Helfersyndrom, Sie verstehen.* Wie abfällig Oliver Schachners Stimme geklungen hatte. Sie schaute die Vroni von der Seite an. Ein großes Herz, so nenne ich das, dachte sie.

„Oh nein! Ich müsste längst zurück sein!" Die Vroni sprang erschrocken auf. „Meine nächste Führung wartet sicher schon." Sie rannte los. „Mit Ihnen vergeht die Zeit immer so schnell, Frau Maier", rief sie noch und war im nächsten Moment im Schloss verschwunden.

Frau Maier stand langsam auf. Als ihr heute im Morgengrauen plötzlich wieder dieser eine Satz eingefallen war, da hatte sie gehofft, dass er eine Spur sein könnte. *Der Konny war nicht nur sein Mitarbeiter, sondern sogar ein ehemaliger Klassenkamerad.*

Sie schaute auf den See und überlegte. Nach einer Weile nickte sie entschlossen.

Sie wollte gerade zurück ins Schloss gehen, als sie Vronis Kaffeetasse auf einer weißen Marmorplatte stehen sah. Sie hatte die Tasse in ihrer Eile dort vergessen. Dem strengen Chef würde das bestimmt nicht gefallen.

Frau Maier trug die Tasse zurück in den Aufenthaltsraum, spülte sie sorgfältig ab und verstaute sie im Geschirrschrank über dem Waschbecken.

„Dafür sind Omas schließlich da", murmelte sie.

IV

Auf dem Steg war die Versuchung groß, sich auf der rechten Seite anzustellen. Da, wo das Schiff in Richtung Kauzing ablegte. Dahin, wo ihr Haus und ihr Garten und die Katze warteten. Aber sie hatte beschlossen, dass das Nichtstun ein Ende haben musste, und daran würde sie sich jetzt auch halten.

Seufzend reihte Frau Maier sich auf der linken

Seite ein. Von dort fuhr der Dampfer an das Ufer ab, das von Kauzing aus gesehen genau auf der gegenüberliegenden Seite des Sees lag. Weit weg von ihrem kleinen Haus.

Immerhin wusste sie seit ihrem nächtlichen Abenteuer mit Fred, dem Stegwart, bereits, wo dort der Bus nach Kauzing abfuhr.

V

Eintausendsiebenhundertsechsundneunzig. Endlich Feierabend. Er konnte keine Menschen mehr sehen. Keine dicken, keine dünnen. Keine jungen, keine alten. Keine mürrischen, keine fröhlichen. Er verließ den Steg, um zu seinem Motorboot zu gehen und nach Hause zu fahren.

In dem Moment sah er sie. Sie stand auf der falschen Seite an. Was zum Teufel hatte sie schon wieder vor?

VI

Der Weg zur Seniorenresidenz am See war weiter, als sie vermutet hatte. Frau Maier schwitzte. Die Sommersonne brannte auf den Asphalt herunter und die Autos fuhren in einer nicht enden wollenden Schlange an ihr vorbei. Lauter fremde Autokennzeichen. Lauter Touristen. Sie blieb kurz stehen und wischte sich den Schweiß von der Stirn. Sie hatte Durst. Aber es half nichts. Wenn sie irgendwie in der Sache Oliver Schachner und Konny Freiberger weiterkommen wollte, dann musste sie da jetzt durch.

Die Autos neben ihr waren fast zum Stehen gekommen, weil ganz vorne in der Reihe wohl einer der Fahrer nicht wusste, ob er rechts oder links abbiegen sollte. Dahinter begann ein genervtes Hupkonzert.

„Oh mei, sogar im Urlaub sind die Leute im Stress." Frau Maier schüttelte den Kopf. Sie wollte gerade weitergehen, da fiel ihr Blick in eines der Autos. Sie erstarrte. War das nicht Oliver Schachner hinter dem Steuer? Er schaute direkt in ihre Richtung, doch in dem Moment, in dem ihre Blicke sich trafen, drehte er sich weg und schaute auf der anderen Seite seines Autos aus dem Fenster. Sie konnte nur noch seinen Hinterkopf sehen.

Frau Maier zögerte. Die Sonne blendete und sie fühlte sich ein wenig wackelig auf den Beinen. In diesem Zustand konnte man sich leicht etwas einbilden. Sich täuschen.

Der Fahrer ganz vorne hatte sich schließlich entschieden, geradeaus weiterzufahren, und die Kolonne hinter ihm setzte sich wieder in Bewegung. Frau Maier ging langsam weiter. Hatte sie im Auto wirklich Oliver Schachner gesehen? Oder wieder einmal ein Gespenst? Aber eigentlich war es auch völlig egal. Er durfte schließlich Auto fahren, wann und wo und so viel er wollte.

Eine breite Einfahrt mit dem Hinweisschild *Seniorenresidenz* am See verriet Frau Maier nach einigen Schritten, dass sie angekommen war.

VII

Am Empfang war niemand zu sehen. Aber eine volle Kaffeetasse auf dem Tisch hinter dem Tresen verriet Frau Maier, dass dort vor nicht allzu langer Zeit jemand gesessen hatte.

Sie setzte sich auf einen der Stühle im Eingangsbereich. Eine kurze Verschnaufpause war jetzt genau das Richtige. So konnte sie noch einmal im Kopf durchgehen, was sie dem Herrn Gassner sagen wollte. Sie hoffte inständig, dass er sich mit den Familienverhältnissen von Konny Freiberger nicht bis ins Detail auskannte.

Sie würde sich als dessen Großtante vorstellen und vorgeben, dass sie eine Trauerfeier organisieren wollte, zu der sie gerne auch ehemalige Klassenkameraden einladen würde. Und nach diesem Einstieg würde sie dann das Gespräch irgendwie auf den Oliver Schachner lenken. Konnys Klassenkamerad und Konnys Chef. Sie konnte behaupten, dass ihr Großneffe ihr die Geschichte von der Kündigung, die wieder zurückgenommen worden war, erzählt hatte. Und wenn sie Glück hatte, dann würde der Herr Gassner ihr noch mehr darüber erzählen.

Vielleicht gab es da ja doch noch etwas, was die Vroni nicht wusste. *Eine Leiche im Keller, ein dunkles Geheimnis.* Ihr Nacken kribbelte. Da *musste* mehr sein, das spürte sie doch. Sie würde es herausfinden. Sie konnte es kaum erwarten, endlich ihre neue Spur weiterzuverfolgen. Sie musste unbedingt mit dem ehemaligen Schuldirektor sprechen.

Frau Maier schwitzte immer noch. Sie fühlte sich nicht wohl in ihrer Haut. Es war nicht richtig, einen netten, alten Herrn so zu belügen. Das strenge Gesicht der Madonna in der Kauzinger Kirche kam ihr plötzlich in den Sinn. *„Du sollst nicht lügen*, ja ich weiß. Es ist nicht nur falsch, nette, alte Herren zu belügen. Es ist grundsätzlich falsch“, flüsterte sie. „Aber ich habe keine andere Wahl.“

Wo blieb nur die Empfangsdame? Frau Maier wurde langsam nervös. Es war ganz still im Foyer. Niemand zu sehen.

Die Gestalt, die von draußen durchs Fenster hereinschaute, bemerkte sie nicht.

Zu tief war sie in ihren Gedanken an das bevorstehende Gespräch versunken.

VIII

Auf einmal war es mit der Stille vorbei. Irgendwo oben flog eine Tür auf und lautstark wieder zu, dann waren auf der Treppe hektische Schritte zu hören.

Die Frau, die herunterrannte, telefonierte mit aufgebrachter Stimme. „Nein, es wohl ist nichts mehr zu machen. Dr. Sauer ist bei ihm.“ Jetzt war sie unten angekommen. „Natürlich ist die Polizei informiert und der Notarzt auch. Ich muss jetzt am Empfang auf sie warten …“

In diesem Moment nahm sie Frau Maier wahr und verstummte. Sie platzierte das Telefon in der Ladestation auf dem Empfangstresen und setzte sich dann auf den Drehstuhl an den Tisch dahinter. Sie atmete tief durch und sagte: „Kann ich Ihnen helfen?"

Frau Maier näherte sich dem Tresen und sah, dass die Hände der Frau zitterten. Sie war völlig außer Atem. Frau Maier schätzte sie auf Anfang dreißig – kein Alter, in dem einen eine Treppe völlig außer Puste brachte. Freundlich sagte sie: „Wenn es gerade ungünstig ist …"

„Nein, nein", unterbrach die Empfangsdame sie, und warf gleichzeitig einen nervösen Blick zur Tür. Sie zögerte. Dann beugte sie sich ein kleines Stück nach vorne. „Ich warte auf die Polizei, wissen Sie. Und auf den Notarzt." Das Bedürfnis, sich wichtig zu machen, hatte gesiegt.

Frau Maier beugte sich ihrerseits ein Stück nach vorne und fragte: „Was ist denn passiert?"

„Einer unserer Bewohner ist gerade schwer gestürzt. Die Treppe herunter. Von oben bis unten, ungebremst." Sie zog die Schultern hoch, als wäre ihr kalt. „Und dabei war er doch noch topfit." Ihre Stimme war jetzt nur noch ein Flüstern.

Die Armee aus Ameisen meldete sich zurück und zog ihre Bahnen nicht nur über Frau Maiers Nacken, sondern über ihre gesamte Kopfhaut. Ihr Mund wurde trocken. Sie hatte keine Ahnung, warum, aber sie hatte plötzlich ein ungutes Gefühl. Ein sehr ungutes Gefühl.

„Ist er …?“

Die Empfangsdame nickte. Dann räusperte sie sich: „Aber wie kann ich Ihnen denn jetzt helfen?“

Frau Maier schluckte. „Ich möchte jemanden besuchen. Den ehemaligen Schuldirektor, den Herrn Gassner …“

Mit einem Klirren fiel die Kaffeetasse der Empfangsdame aus ihren zitternden Händen zu Boden. Sie schlug sich die Hände vor den Mund und schüttelte mit weit aufgerissenen Augen den Kopf. „Es tut mir sehr leid!“, flüsterte sie.

Frau Maier ging langsam rückwärts zur Sitzgruppe und ließ sich wieder auf den Stuhl sinken. Sie hatte den Eindruck, dass der Boden unter ihr dabei leicht nachgab.

Zwei Polizisten und ein Mann mit einer roten Jacke, auf der *Notarzt* stand, kamen herein, und die Empfangsdame sprang auf, um sie nach oben zu führen. „Kommissar Förster wird auch gleich hier sein“, hörte sie den einen Beamten noch sagen, dann waren alle vier aus ihrem Blickfeld verschwunden.

Wie in Trance stand Frau Maier auf und ging nach draußen. Als sie den Hof verließ, stieß sie hinter der hohen Hecke, die die Residenz von der Straße abschirmte, mit einem Mann zusammen, der dort gestanden hatte. „Entschuldigung“, sagte sie und erkannte im gleichen Augenblick, wen sie da vor sich hatte. „Oh, hallo. Was machen Sie denn hier?“

Der Stegwart sah sehr verlegen aus. So, als hätte sie ihn bei etwas Unanständigem ertappt. Er wurde rot und murmelte: „Meine Schwester … Besuch … Ich muss weiter“, waren die einzigen Wortfetzen, die Frau Maier verstehen konnte. Verdutzt sah sie Fred nach, der schnell in den Hof einbog und sie ohne einen Abschiedsgruß stehen ließ.

Frau Maier hatte keinen Platz in ihrem Kopf frei, um sich über die Manieren mancher Männer zu wundern. Sie hatte schon genug, worüber sie jetzt nachdenken musste.

IX

Der Bus hatte keine Klimaanlage. Oder sie war kaputt. Oder der Fahrer hatte sie ausgeschaltet. Jedenfalls war es kochend heiß. Frau Maier rutschte auf dem Sitz, der mit Synthetikstoff bezogen war, hin und her. Sie beugte sich nach vorne, um etwas Luft an ihren verschwitzten Rücken zu lassen.

Vor dem Fenster zog die Sommerlandschaft vorbei. Grüne Wiesen, blaue Berge, der glitzernde See. Aber Frau Maier dachte nur an ihren nassen Rücken und an die Armee aus Ameisen. Sie versuchte tief durchzuatmen, aber es kam ihr vor, als sei im stickigen Bus nicht genügend Luft für ihre Lungen.

Sie schloss die Augen. Und machte sie schnell wieder auf. Das erste Bild, das ihr in den Sinn gekommen war, war keine Treppe gewesen. Auch kein Mann, der die Treppe herunterstürzte, sondern ein Auto. Ein Auto und ein zur anderen Seite gedrehter Kopf.

X

Endlich hielt der Bus an der Haltestelle am See in Kauzing. Frau Maier atmete auf. Sie stieg aus und blieb kurz stehen, um tief Luft zu holen. Plötzlich nahm sie aus dem Augenwinkel eine schnelle Bewegung wahr.

Sie schaute zur Seite, doch es war nichts zu sehen.

Langsam machte sie sich auf den Heimweg. Sie musste immer wieder stehen bleiben, weil sie außer Atem war. Sie ließ den Blick über den tiefblauen See schweifen und beobachtete die fröhlich plantschenden Kinder. Allmählich wurde sie ruhiger.

Einmal hatte sie das Gefühl, dass direkt hinter ihr wieder jemand oder etwas war.

Sie fuhr herum – nichts.

Als sie das kleine Waldstück erreicht hatte, in dem ihr Haus lag, wurde es mit einem Schlag ruhig. Hierher verirrten sich keine Badegäste.

Frau Maier blieb sie stehen. Sie drehte sich nicht um, aber sie stellte alle ihre Sinne auf Empfang. Sie lauschte, sie spürte, sie stand ohne die geringste Regung da. Und sie war sich sicher: Sie war nicht alleine. Jemand beobachtete sie. Aber wer um Himmels willen konnte das sein? Diese Person war unsichtbar. Und so etwas konnte es nicht geben. *So etwas durfte es nicht geben.*

Als sie wieder losging, raschelte es neben ihr.

Sie lief schneller.

Es raschelte direkt hinter ihr.

Sie hatte das Gartentor erreicht.

Eine schnelle Bewegung, sie zuckte zusammen – und die Katze landete mit einem großen Satz direkt vor ihr auf dem Tor. Ihre grünen Augen funkelten Frau Maier freundlich an. Sie legte den Kopf schief und schnurrte.

„Du warst das?“, fragte Frau Maier verdutzt.

„Ma“, sagte die Katze. Es klang wie ein bestimmtes „Ja“.

„Du bist mir den ganzen Weg von der Bushaltestelle bis hierher nachgelaufen?“

„Ma!“

„Woher wusstest du denn, dass ich mit dem Bus komme? Und um wie viel Uhr? Und warum hast du dich versteckt?“

Das waren eindeutig zu viele Fragen für die Katze, die großen Wert auf eine gewisse Privatsphäre legte. Sie sprang wortlos vom Gartentor und lief auf das Haus zu. Als sie an der Eingangstür angekommen war, drehte sie sich um und miaute ausdauernd. Sie hatte Hunger.

„Jaja, ist recht.“ Frau Maier ging zum Haus. Sie beugte sich herunter und kraulte die Katze hinter dem Ohr. „Du brauchst auch deine Geheimnisse.“

Als sie der Katze fünf Minuten später eine extra große Portion Futter auf den Küchenboden stellte, flüsterte sie: „Danke fürs Abholen!“

Elftes Kapitel
Samstag

I

Nach einer weiteren schlaflosen Nacht war Frau Maier so müde, dass sie sich auf dem Dampfer kaum wachhalten konnte. Sie saß an Deck und starrte in das Wasser, das von dem großen Schiff zur Seite gepflügt wurde. Die Motoren brummten gleichmäßig. Nur ganz kurz die Augen zumachen, dachte sie, und war im nächsten Moment eingeschlafen. Aber es war ein unruhiger Schlaf, in dem wirre Bilder vor ihrem inneren Auge auftauchten.

Die Vroni lächelte sie an. Frau Maier wollte zurücklächeln – und erstarrte. Mitten in Vronis Stirn steckte eine rote Stecknadel, von der aus ein Rinnsal aus Blut über ihr Gesicht lief. Frau Maier streckte ihre Hand aus, um die Nadel herauszuziehen, doch die Vroni war plötzlich verschwunden. Sie drehte sich um und bemerkte, dass sie mitten im Großen Spiegelsaal stand. Ihr Herz klopfte schneller, als die Gestalt im Königsmantel hinter einem der großen Standlüster hervortrat. Dieses Mal gab sich die Gestalt keine Mühe, ihr Gesicht zu verbergen, denn Frau Maier wusste ja sowieso, wer es war. Oliver Schachner sah sie aus seinen kalten Augen an und ging langsam auf sie zu. In der Hand hielt er den schweren Kerzenleuchter aus dem Schlafgemach …

„Wir erreichen jetzt die Insel. Besucher für das Königsschloss bitte hier aussteigen."

Die Stimme, die knarzend aus dem Lautsprecher drang, weckte Frau Maier auf.

„Na bravo", murmelte sie, als sie sich noch völlig benommen hochrappelte. Ihre Knie zitterten und sie war schon wieder ganz nass geschwitzt. Auf wackeligen Beinen ging sie von Bord und bemerkte nicht, dass sie dabei aufmerksam beobachtet wurde.

II

Und noch einmal war sie an der Telefonzelle vorbei gegangen. Sie umklammerte die Visitenkarte des Kommissars und bog in den Waldweg zum Schloss ein. Sie konnte ihn nicht anrufen. Genau wie gestern, genau wie die Tage zuvor, wusste sie einfach nicht, was sie ihm hätte sagen sollen.

„Ich glaube, jemand hat die Bremsen an Veronika Mittermaiers Fahrrad manipuliert. Ich glaube, dass der Herr Schachner den zweiten Mantel genommen und ihn im Geheimgang deponiert hat. Er zieht ihn an und läuft damit durch das Schloss …"

„Aber warum sollte er das denn tun? Sind Sie sich wirklich ganz sicher, dass sie ihn erkannt haben?"

Frau Maier war das Gespräch schon so oft im Kopf durchgegangen, und jedes Mal hatte an dieser Stelle Kommissar Förster die Stimme von Kommissar Brandner angenommen. Sie konnte nichts dagegen tun.

„Der Mantel liegt in dem Geheimgang. Da können Sie nachschauen."

„Aber jeder hätte ihn dort hinlegen können, oder nicht? Soweit ich informiert bin, wissen alle Mitarbeiter, dass es den Geheimgang gibt, und er ist nicht abgeschlossen."

„Dann untersuchen Sie das Fahrrad. Sie werden sehen …"

„Frau Maier, ohne einen Anfangsverdacht lassen wir nicht irgendwelche Fahrräder untersuchen. Da haben wir Wichtigeres zu tun, das können Sie mir glauben."

„Aber gestern, da war er in der Nähe der Seniorenresidenz, als der Herr Gassner … Ich habe ihn gesehen!"

„Ach, das ist ja interessant. Sie haben ihn gesehen. Das heißt also, Sie waren auch dort? Immer vor Ort, wenn es irgendwo eine Leiche gibt, oder, Frau Maier?“

Frau Maier ging schnell die letzte kleine Steigung im Wäldchen hoch und stand vor dem Schloss. Friedlich und majestätisch lag es in der Morgensonne und wartete einmal mehr stoisch auf den Besucheransturm, der in spätestens einer Stunde hereinbrechen würde.

Nein. Sie schüttelte den Kopf. Sie konnte den Kommissar nicht anrufen. Noch nicht.

III

Als sie die Tür des Aufenthaltsraumes erreicht hatte, hörte sie von drinnen die Vroni schallend lachend. Sie war wieder im Dienst und offenbar kerngesund. Frau Maier war erleichtert. Ihrer fröhlichen Stimme nach zu urteilen wusste die Vroni wohl auch noch nichts vom Tod ihres ehemaligen Direktors. Sie würde es noch früh genug erfahren. Jetzt musste Frau Maier nur noch das Bild von der roten Stecknadel und dem Rinnsal aus Blut wieder loswerden.

Sie kehrte um und ging die Treppe hinauf zu den Prunkräumen. Der Kaffee mit den Kollegen musste warten. Sie wollte sich noch einmal umsehen. Irgendetwas Handfestes musste es doch geben, irgendetwas, das sie dem Kommissar am Telefon sagen konnte, und das ihn dazu bringen würde, sie ernst zu nehmen. *Verwirrte Oma narrt die Polizei.* Sie schnaubte verächtlich. Das würde sie sich nicht noch einmal nachsagen lassen!

Langsam ging Frau Maier durch die Räume und atmete den mittlerweile vertrauten Schloss-Geruch ein. *„Geh' leise, denn Du gehst auf meinen Träumen"*, sagte sie, und strich sanft über eine mit kostbarem Blattgold überzogene Balustrade.

Im Schlafzimmer warf sie einen Blick auf die Kommode. Dort stand nach wie vor nur einer der beiden schweren Kerzenleuchter. Frau Maier ging schnell weiter. Jetzt hatte sie alle Prunkräume durchquert und wollte gerade ins Treppenhaus einbiegen, als sie von unten jemanden die Stufen heraufkommen hörte. Schnell zog sie sich hinter den Wandvorsprung zurück.

Der Mann, der immer zwei Stufen auf einmal nahm, blieb oben am Treppenabsatz stehen und sah sich um. Frau Maier zuckte zusammen. Sie hatte ihn schon einmal gesehen, und zwar auf der Pinnwand beim Konny Freiberger. Dort hatte er eine rote Stecknadel im Kopf gehabt, aber abgesehen davon sah er in echt ganz genauso aus wie auf dem Foto: Es war Simon Schachner, der Bruder vom Chef. Er trug etwas unter dem Arm, aber sie konnte nicht erkennen, was es war. Irgendein Gegenstand, um den ein Tuch gewickelt war.

Simon Schachner wirkte nervös. Immer wieder drehte er sich um und spähte in alle Richtungen, aber um diese Zeit war es im Schloss vollkommen ruhig. *Die Ruhe vor dem Sturm*, dachte Frau Maier. Und genau wie in der vergangenen Nacht spürte sie bei diesem Gedanken wieder das innere Frösteln trotz der stickigen Sommerhitze.

Eine Seitentür, die zum Treppenhaus führte, die aber normalerweise immer verschlossen war, ging auf. Oliver Schachner kam heraus. „Hast du ihn?", fragte er seinen Bruder ohne Begrüßung, und er klang dabei nicht besonders freundlich.

„Natürlich habe ich ihn", raunzte Simon zurück. „Aber das ist das letzte Mal …"

„Jaja, das sagst du doch jedes Mal", unterbrach ihn der Chef, und riss mit einer heftigen Bewegung den im Tuch verpackten Gegenstand, den Simon Schachner trug, an sich. Schnell schlug er das Tuch zurück und hielt den Gegenstand prüfend ins Licht. Frau Maier hielt die Luft an. Es war der schwere goldene Kerzenleuchter aus dem

Schlafzimmer. Schnell öffnete Oliver Schachner die Tür hinter sich, verschwand für einige Sekunden und tauchte dann wieder auf. In der Hand hielt er einen zweiten Kerzenleuchter.

Frau Maier runzelte die Stirn. Was war das für ein eigenartiges Spiel, das hier von den beiden Brüdern gespielt wurde? Oliver Schachner hielt beide Kerzenleuchter nebeneinander hoch und kniff kritisch die Augen zusammen. „Gute Arbeit“, knurrte er dann widerwillig.

Er packte den Leuchter, den er gerade hinter der Tür geholt hatte, in das Tuch, und drückte ihn seinem Bruder in die Hand. Den anderen Leuchter, den sein Bruder gebracht hatte, nahm er an sich. „Du bleibst beim vereinbarten Preis“, raunte Oliver Schachner warnend und öffnete die Tür hinter sich erneut.

„Natürlich, hältst du mich für vollkommen bescheuert? Die ganze Arbeit, das ganze Risiko und dann denkst du, ich lasse mich runterhandeln?“ Der Bruder klang wütend. „Und ich sage dir, das war das letzte Mal …“

„Jaja!“ Oliver Schachner machte eine verächtliche Handbewegung und war verschwunden.

IV

Frau Maier lehnte sich gegen die Wand und schloss die Augen. Sie musste nachdenken. Was war hier gerade passiert?

Simon Schachner war bereits über die Treppe nach unten verschwunden, als sich die Tür zum Treppenhaus plötzlich wieder öffnete und Oliver Schachner heraustrat. Er spähte die Stufen hinunter und schaute dann misstrauisch in Richtung der Prunkräume. Frau Maier erschrak. Hatte er ihre Anwesenheit gespürt? Hatte er sich beobachtet gefühlt und wollte jetzt sichergehen, dass er sich getäuscht hatte? *Ruhig bleiben. Nicht bewegen. Kein Geräusch machen.*

Der Chef ging langsam auf die Türöffnung zu, die in die Prunkräume führte. Genau dort stand Frau Maier und presste sich so flach wie möglich gegen die Wand und versuchte, ihren Bauch einzuziehen. Oliver Schachner hatte immer noch den schweren Kerzenleuchter in der Hand. Ob er sie wohl schnaufen hörte? Sie bemühte sich, leiser zu atmen, aber es klang in ihren eigenen Ohren so laut wie das Schnauben eines Pferdes. Frau Maier versuchte, an das Pferd auf der Koppel zu denken und daran, wie es seinen Kopf an ihre Schulter geschmiegt hatte. Oliver Schachner hatte den Türrahmen erreicht.

„Oliver!“, rief in dem Moment jemand. Der Chef drehte sich um und sah seinem Bruder entgegen, der die Stufen wieder hinaufrannte. „In Zukunft kannst du deinen Scheißdreck alleine machen!“ Simons Stimme überschlug sich fast, und er musste mehrmals tief Luft holen, bevor er weiter sprechen konnte. „Ich bin nicht dein Depp. Such dir jemand anderen.“ Und er stellte den ins Tuch verpackte Kerzenleuchter unsanft auf dem Boden ab.

„Bist du jetzt völlig verblödet?“ Oliver Schachners Stimme war eisig. „Das ist das Original, falls ich dich daran erinnern darf. Da wäre etwas Vorsicht angebracht oder wir können uns die Kohle verreiben.“

Frau Maier zögerte. Der Streit der Brüder war hoch interessant – aber ihr eigenes Leben hatte dann doch Vorrang. So schnell und so leise sie konnte, trat sie den Rückzug an. Im Speisesaal verharrte sie noch einmal und spitzte die Ohren. Sie hörte die Worte „Risiko“ und „Polizei“ und zögerte kurz. Sollte sie doch noch einmal zurückgehen? Das Gespräch war einfach zu interessant …

„Jetzt reiß dich mal zusammen, Frau Maier“,

brummte sie. „Sonst bist du hier schneller die nächste Leiche mit einem Loch im Kopf, als du bis drei zählen kannst."

Das Brummen war keine gute Idee gewesen.

„Hast du auch das Geräusch gehört?" Plötzlich drang Oliver Schachners Stimme laut und deutlich an ihr Ohr. Und sie wusste, dass sie jetzt keine Zeit mehr zu verlieren hatte. Sie rannte durch das königliche Arbeitszimmer und hinein ins Schlafzimmer. Doch da waren bereits schnelle Schritte hinter ihr. Sie zögerte kurz, aber sie hatte keine Wahl.

Schnell schlüpfte sie durch die Tür in der Wand in den Geheimgang und verfluchte dabei ihre Speckpolster. *Ruhig, ganz ruhig. Atmen.*

Schritt für Schritt stieg sie die enge Wendeltreppe herunter. Dabei lauschte sie ständig, ob sich über ihr die Tür erneut öffnete. Noch eine Stufe. *Einer unserer Bewohner ist schwer gestürzt. Die Treppe herunter. Von oben bis unten. Ungebremst.* Noch eine. Sie konnte bereits Licht durch den schmalen Schlitz der unteren Tür schimmern sehen. Noch eine Stufe.

In dem Moment betrat oben jemand den Gang und fing an, die Stufen herunterzulaufen. Und zwar schneller als sie. Viel schneller.

Frau Maier stolperte, aber sie konnte gerade

noch das Gleichgewicht halten. Sie dachte an nichts anderes mehr als an den Lichtschimmer vor ihr. Sie hatte die Tür erreicht.

„Frau Maier, sind Sie das?“ Oliver Schachner klang wütend. „Natürlich sind Sie das, wer sonst. Jetzt habe ich es aber allmählich wirklich satt …“

Frau Maier dachte gar nicht daran, sich zu Ende anzuhören, was er ihr noch alles zu sagen hatte. Ohne sich umzudrehen, zwängte sie sich durch die Tür und rannte so schnell sie nur konnte in Richtung des Aufenthaltsraumes.

V

Die Kollegen waren gerade dabei, sich von ihren Kaffeetassen loszureißen. Dienstbeginn. Die Vroni strahlte. „Frau Maier! Bevor Sie mich ermahnen, dass ich lieber im Bett bleiben soll: Ich bin ab heute wieder offiziell im Dienst …“ Sie unterbrach sich, als sie Frau Maiers Gesichtsausdruck registrierte. „Was ist denn los? Sie sind ja kreidebleich!“

„Ich brauche Ihre Hilfe. Helfen Sie mir?“ Frau Maier war völlig außer Atem.

„Ja, natürlich, aber was ist denn …“

„Sie haben doch ein Handy?“

„Ja, klar, ich …“

In dem Moment öffnete sich die Tür des Aufenthaltsraumes und Oliver Schachner kam herein. Er ließ seinen Blick durch den Raum schweifen und seine kalten Augen blieben an Frau Maier hängen: „Kommen Sie doch bitte in mein Büro. Ich habe heute eine Sonderaufgabe für Sie.“

Frau Maier ergriff Vronis Arm und hielt in fest umklammert. „Sofort. Wir wollten nur gerade auf die Toilette.“ Und mit diesen Worten bugsierte sie die verdutzte Kollegin in Richtung der Waschräume.

Dem Chef blieb nichts anderes übrig als ihnen nach zu starren. Er konnte vor den Mitarbeitern keine Szene machen. Aber Frau Maier wollte sich nicht ausmalen, was er machen würde, sobald sie zu zweit in seinem Büro wären.

VI

Frau Maier ließ ihren Blick prüfend über die Toilettentüren schweifen. Keine Kabine war besetzt, alle Mitarbeiterinnen waren jetzt auf dem Weg zu ihren Arbeitsplätzen. Sehr gut.

„Wählen Sie diese Nummer!“

„Wie bitte?“ Die Vroni schaute auf die Visitenkarte, die Frau Maier ihr entgegenstreckte, und sah die ältere Kollegin dann eindringlich an. Für einen Moment hatte Frau Maier Angst, dass die Vroni sie vielleicht doch für nicht ganz zurechnungsfähig halten könnte. Aber dann tippte die schnell die Nummer ein und hielt ihr das Telefon entgegen. „Ist gewählt."

Am anderen Ende kam sofort die Antwort. „Kommissar Förster hier."

„Herr Kommissar, hier ist Frau Maier." Sie sprach möglichst ruhig und ganz leise. Sie konnte sich gut vorstellen, dass der Chef ihnen bis zur Tür gefolgt war. „Sie müssen sofort ins Schloss kommen. Ich habe etwas Wichtiges beobachtet. Ich glaube, Oliver Schachner entwendet wertvolle Gegenstände aus den Prunkräumen. Und ich glaube, der Herr Freiberger wusste das und hat ihn erpresst."

„Wie bitte?"

Frau Maier ignorierte Vronis Augen, die immer noch größer und runder wurden, und berichtete mit fester Stimme, was Sie beobachtet hatte.

„Ich habe außerdem den verschwundenen Krönungsmantel entdeckt", schloss sie ihren Bericht. „Und ein kleines Stück von einem Erpresserbrief."

Der letzte Satz war einem Geistesblitz geschuldet, denn plötzlich waren Frau Maier die Zeitungen im Kutscherhäusl wieder eingefallen, aus denen Buchstaben und Textstücke ausgeschnitten worden waren. Sie hoffte inständig, dass man in irgendwelchen Labors herausfinden würde, dass die Buchstaben auf dem Stück Papier in ihrer Hosentasche tatsächlich aus diesen Zeitungen stammten.

„Bitte beeilen Sie sich. Ich glaube, Herr Schachner hat Verdacht geschöpft."

Der Kommissar sagte nichts. Frau Maiers Mut schwand. Sie spähte zur Tür. Würde Oliver Schachner es wagen, ihnen in die Waschräume für Damen zu folgen? Auch auf die Gefahr hin, dass er dabei von Kollegen gesehen wurde?

Ein Räuspern am anderen Ende der Leitung. „Frau Maier, ich bin unterwegs. Ich lasse mich mit dem Motorboot fahren. Es dauert nicht lange."

VII

Es klopfte an der Tür. Frau Maier und Vroni zuckten zusammen. Unwillkürlich rückten sie dichter aneinander.

„Frau Maier, sind Sie da drin?“ Oliver Schachner versuchte offensichtlich, noch die Form zu wahren und sah davon ab, einfach hereinzustürmen. Vermutlich wollte er erst wissen, wie viele Mitarbeiterinnen sich im Waschraum und den Toiletten befanden.

Die Vroni handelte blitzschnell. Sie zog Frau Maier mit sich in eine der Kabinen und schloss die Tür mit zitternden Händen von innen ab.

Da öffnete der Chef bereits die Tür zum Waschraum.

„Frau Maier?“

„Herr Schachner, der Frau Maier geht es nicht so gut. Der Kreislauf. Die Hitze, wissen Sie.“ Vronis Stimme klang ganz normal. Die zitternden Hände waren in keiner Silbe zu hören. Respekt, dachte Frau Maier.

„Dann machen Sie die Tür auf, ich bringe Ihnen ein Glas Wasser.“

„Nein, bitte holen Sie schnell den Flori.“

Oliver Schacher drückte die Klinke herunter.

„Warum haben Sie sich denn gemeinsam da drin eingesperrt?“

Frau Maier und die Vroni sahen sich an. Der Chef war misstrauisch. Aber er konnte nichts tun. Die Tür einzutreten war ihm wohl doch zu dramatisch.

„Na gut, ich hole ihn."

Sie hörten, wie er zur Tür ging und sich dann entfernte.

„Was machen wir jetzt?" Die Vroni umklammerte Frau Maiers Hand.

„Er kann die Tür ganz bestimmt von außen öffnen. Das muss er doch wohl können, alleine schon aus Sicherheitsgründen. Er holt jetzt bestimmt den Generalschlüssel oder irgendetwas, womit man diese Klotüren aufkriegt", überlegte Frau Maier laut. Als sie Vronis ängstlichen Gesichtsausdruck sah, bereute sie es sofort. „Wir gehen jetzt hier raus und verstecken uns woanders, bevor er wieder kommt", sagte sie betont ruhig.

„Aber was ist, wenn er draußen im Gang auf uns wartet? Er kann sich doch denken, dass wir hier nicht schön brav sitzen bleiben."

„Das Risiko müssen wir in Kauf nehmen." Die Vroni sah wenig überzeugt aus.

Frau Maier drückte ihre Hand ganz fest. „Wir sind zu zweit. Und draußen im Gang können wir leichter weglaufen als hier drin. Und um Hilfe rufen. Vielleicht ist noch jemand im Aufenthaltsraum." Die Vroni war immer noch nicht überzeugt.

„Die Polizei ist sicher gleich da", sagte Frau

Maier. Die beiden Frauen sahen sich an. Dann nickten sie gleichzeitig.

VIII

Von den Waschräumen aus führte ein kurzer Gang zum Aufenthaltsraum. Den musste man durchqueren, bevor man über einen weiteren kurzen Flur in den Teil des Schlosses gelangte, der für die Besucher geöffnet war. Direkt von diesem Flur ging Oliver Schachners Büro ab. Sie mussten also daran vorbei. Aber es gab keinen anderen Weg.

Möglichst geräuschlos drückte Frau Maier die Türklinke des Aufenthaltsraumes herunter. Sie war erleichtert, dass Oliver Schachner nicht im Gang auf sie gewartet hatte. Denn trotz ihrer aufmunternden Worte an die Vroni, hatte sie insgeheim die Hand mit dem schweren Kerzenleuchter gefürchtet …

Im Aufenthaltsraum war niemand. „Scheiße", flüsterte die Vroni, und Frau Maier nickte.

„Wie lange wird der Kommissar brauchen, bis er hier ist?" fragte sie.

„Vielleicht 20 Minuten? Wenn er sehr schnell ist!"

Sie hatten den Raum durchquert und standen schon vor der Tür, die hinaus in den Gang führte, von dem direkt Schachners Büro abging. Sie wagten kaum zu atmen, bis sie an seiner Bürotür vorbei waren. Die Sicherheit war jetzt in Reichweite. Sie schlichen an der Tür vorbei und standen mitten im halbdunklen Flur, als sie erstarrten und beide gleichzeitig wie auf Kommando stehen blieben. Die Vroni umklammerte Frau Maiers Arm so fest, dass es wehtat.

Die Bürotür wurde von innen geöffnet und Oliver Schachner stand direkt hinter ihnen. Niemand sagte etwas, niemand bewegte sich. Jeder schien noch zu überlegen, wie er sich verhalten sollte. Ein lautes Klingeln zerriss die Stille.

„Schachner hier." Mit dem Handy am Ohr ging er einen Schritt auf die beiden Frauen zu. Sein Blick war so eiskalt wie vorhin. Frau Maier hatte das Gefühl, dass diese Eiseskälte direkt in ihren Körper kroch und sich dort langsam ausbreitete. Da blieb er wie angewurzelt stehen.

„Die Polizei?" Vronis Griff wurde noch fester und Frau Maier musste die Zähne zusammenbeißen, um nicht zu stöhnen. „Mit einem Motorboot sagst du?"

Die Vroni fand aus ihrer Erstarrung. Sie öffnete die Tür am Ende des Flures und zog Frau Maier mit sich in den weitläufigen Raum, von dem aus man ins Foyer, in den Souvenirladen und zu den Prunkräumen gelangen konnte. Die ersten Besuchergruppen waren bereits angekommen.

„Mensch, Vroni, wo bleibst du denn? Deine erste Gruppe wartet schon. Italiener!" Die Anja rannte ihnen entgegen und schüttelte vorwurfsvoll den Kopf.

„Anja, du musst das übernehmen."

„Und wie soll ich das machen? Ich spreche doch überhaupt kein Italienisch …"

Sie verstummte, als sie Vronis Gesichtsausdruck sah.

„Bitte, Anja! Ich erkläre es dir später. Ich kann jetzt nicht."

„Was ist denn mit dir los? Du schaust ja schlimm aus. Und *der* übrigens auch." Anja nickte in die Richtung von Oliver Schachner, der hinter ihnen aus der Tür gestürzt war, und ohne sie eines Blickes zu würdigen, davonstürmte. „Heute spinnen wohl alle."

IX

„Mei, Wahnsinn, ich fasse es nicht." Zum ungefähr zehnten Mal wiederholte der Flori diese

Worte und erntete von den Kollegen auch beim zehnten Mal noch zustimmendes Gemurmel. Wie ein Lauffeuer hatte sich herumgesprochen, dass der Chef verhaftet worden war. Sein Bruder hatte ihn per Handy noch warnen wollen, aber zu spät. Auf dem Weg zum Steg war er aufgegriffen worden. Jetzt, knappe fünf Stunden später, sollte es bereits die erste Pressekonferenz der Polizei zu dem Fall geben.

„Wenn es jetzt schon eine Pressekonferenz gibt, dann ist auf jeden Fall was dran an dem, was Frau Maier beobachtet hat“, überlegte die Vroni laut vor sich hin. „Und die Polizei nimmt das wohl sehr ernst.“

„Ist klar, das ist ja für die Region eine richtige Staatsaffäre. Betrügereien im Schloss. Und Mord ….“ Wieder schüttelte der Flori den Kopf.

„Es ist aber noch gar nicht klar, ob der Schachner wirklich ein Mörder ist“, warf Anja ein. „Ich kann mir das einfach nicht vorstellen.“

Ich mir schon, dachte Frau Maier, aber sie sagte nichts. Trotz der fünften Tasse Kaffee, die sie bereits trank, fühlte sie sich todmüde. Die Aufregung am frühen Morgen hatte sie völlig ausgelaugt.

„Ich lese auf jeden Fall im Live-Ticker mit.“ Der Flori zückte sein Handy.

Frau Maier schaute von ihrer Tasse auf. „Wo lesen Sie mit?"

„Die regionale Tageszeitung hat eine Website und da wird live berichtet, was bei der Pressekonferenz rauskommt. Und das lese ich auf meinem Handy mit."

Frau Maier dachte an ihr persönliches Archiv, das aus einer Schachtel voller ausgeschnittener Zeitungsartikel bestand. Diese Methode war offenbar endgültig veraltet. Bald würde es vermutlich gar keine gedruckten Zeitungen mehr geben, aus denen man etwas ausschneiden konnte.

Aber nicht mehr zu meinen Lebzeiten, dachte sie, und streckte die Beine aus. Das Knie tat höllisch weh. Die Zeitungen neben der Toilette im Kutscherhäusl fielen ihr plötzlich ein. Sie hatte keine Ahnung, warum, aber beim Gedanken ans Kutscherhäusl beschlich sie ein ungutes Gefühl.

X

Die Pressekonferenz ergab Folgendes: Über einen längeren Zeitraum hinweg hatte Oliver Schachner Gegenstände aus dem Schloss von seinem Bruder, einem Kunsthandwerker, nachbilden lassen, und so die Originale austauschen können, ohne, dass es jemandem aufgefallen war.

Niemandem, außer mir, dachte Frau Maier.

Alle Originale waren an einen Käufer gegangen, dessen Name noch nicht genannt werden konnte.

Wahrscheinlich ein reicher Ölscheich, dachte Frau Maier.

Oliver Schachner bestritt die Tat und machte seinen Bruder in vollem Umfang dafür verantwortlich.

Das passt zu ihm, dachte Frau Maier.

Simon Schachner aber hatte detaillierte Angaben zum Betrug gemacht, die ihn selbst und seinen Bruder gleichermaßen belasteten, und die sehr schlüssig waren.

Auf jeden Fall der nettere der beiden Brüder, dachte Frau Maier.

Aber auch Oliver Schachner hatte bereits Täterwissen preisgegeben und sich darüber hinaus in Widersprüche verstrickt. Einen Zusammenhang mit dem Mord an Konrad Freiberger bestritten beide Brüder entschieden. Simon Schachner hatte allerdings ausgesagt, dass Konrad Freiberger beide Brüder seit Längerem erpresst hatte. Er hatte den Betrug durchschaut und angedroht, alles auffliegen zu lassen, wenn sie seinen Geldforderungen nicht nachkämen.

Daher der Schuhkarton mit dem Bargeld im Kutscherhäusl, dachte Frau Maier. Und die roten Stecknadeln in den Köpfen der beiden Brüder.

Das Puzzle nahm langsam Gestalt an, die Teile fügten sich nahtlos ineinander.

Alles bestens.

Jetzt musste sie nur noch dieses lästige Gefühl abschütteln. Das Gefühl, dass noch ein wichtiges Puzzleteil fehlte.

XI

Die Katze saß auf der Veranda. Die Sonne wärmte ihr Fell und sie schnurrte. Sie streckte ihre Pfoten noch weiter von sich und machte sich ganz lang. Sie schloss im Zeitlupentempo die Augen.

Doch mit einem Mal setzte sie sich auf. Sie lauschte.

Schritte näherten sich auf dem Waldweg.

Es war nicht Frau Maier. Deren Schritte erkannte sie sofort und auf eine wesentlich weitere Entfernung. Diese Schritte waren schon ganz nah.

Mit einem lautlosen Satz sprang die Katze von

der Veranda. Gerade noch rechtzeitig, denn sie hörte bereits das Quietschen des Gartentors. Sie zog sich zur Hecke zurück und schlüpfte leise hinein. Von hier aus hatte sie eine gute Sicht auf den Garten und das Haus.

Der Mensch, der sich genähert hatte, durchquerte den Garten und ging zur Eingangstür. Der Mensch klopfte. Mehrmals. Er klingelte. Dann umrundete er das Haus und versuchte, durch die Fenster zu spähen.

Die Katze verfolgte aufmerksam jede Bewegung. Ihre Augen waren zu schmalen Schlitzen zusammengekniffen. Ihr Schwanz peitschte lautlos hin und her.

Der Mensch ging auf die Veranda. Nach kurzem Zögern klappte er einen der Stühle auf und setzte sich darauf.

Unverschämt und aufdringlich war dieses Verhalten, so sah es die Katze. Kein Wunder, dass dieser Mensch ihr nicht ganz geheuer war.

XII

Für den Nachmittag war eine Mitarbeiterversammlung anberaumt worden. Frau Huber von der Schlösserverwaltung, eine sehr kleine, aber sehr energische Dame um die sechzig, hielt eine kurze Ansprache: „Sie haben bestimmt alle gehört, was die Pressekonferenz ergeben hat. Uns ist es jetzt vor allem wichtig, weiteren Schaden von unserem Schloss abzuwenden. Das bedeutet: Der Betrieb muss weiterlaufen, und zwar so normal wie möglich."

Die Vroni, die neben Frau Maier saß, atmete hörbar aus. „Wie soll das denn gehen, bitte? Die Touristen werden uns mit Fragen zu dem Vorfall löchern!", zischte sie.

Als hätte Frau Huber jedes Wort gehört, ließ sie ihren Blick streng auf der Vroni ruhen und sagte: „Dazu gehört natürlich auch, dass jeder Einzelne von Ihnen sich loyal verhält. Keine Spekulationen unseren Gästen gegenüber, wenn ich bitten darf. Sagen Sie am Anfang der Führung, dass Sie auch nicht mehr wissen als die Presse, und dass Fragen gerne gestellt werden dürfen – aber nur zum Schloss und zum König."

Niemand sagte etwas. Frau Huber schien das als Zustimmung zu werten. Sie nickte noch einmal energisch. „Neuer Interimschef wird der Vertreter von Herrn Schachner, Herr Manfred Kluger. Sie alle kennen ihn ja bereits und wir sind sicher, dass er die Geschäfte gut führen wird."

Mit diesen Worten machte sie auf dem Absatz kehrt und verließ den Aufenthaltsraum.

Frau Maier stand langsam auf. Sie fühlte sich, als wäre sie hundert Jahre alt. Mindestens.

Kauzing. Das Haus am See. Die Katze. Sie wollte nur noch nach Hause.

Schwimmen. Kochen. Ausruhen. Und hoffen, dass das unangenehme Gefühl der Unruhe sie endlich verlassen würde. Jetzt, wo der Fall aufgeklärt war.

„Frau Maier, fahren Sie heim?" Die Vroni legte ihr die Hand auf den Arm.

Frau Maier lächelte: „Ja, ich denke, heute haben wir beide uns den Feierabend wirklich verdient." Plötzlich fiel ihr etwas ein. Sie zögerte kurz, dann fragte sie: „Hatten Sie eigentlich die letzten Tage …" Sie stockte.

„Ja?" Die Vroni sah sie aufmerksam an.

„Also hatten Sie seit unserem Gespräch im Aufenthaltsraum noch einmal das Gefühl, dass Sie jemand beobachtet?"

Die Vroni schüttelte den Kopf. „Nein, ich war die letzten zwei Nächte hier auf der Insel, da war ich immer unter Leuten, und mir ist nichts mehr aufgefallen."

Frau Maier nickte langsam.

„Frau Maier, jetzt hören Sie mal auf, sich Sorgen zu machen. Ich habe mir das bestimmt nur eingebildet. Ich lese zu viele Krimis. Und der Fall hier ist jetzt ja zum Glück auch aufgeklärt."

„Aber der Herr Schachner hat den Mord doch gar nicht zugegeben."

„Natürlich nicht, der will ja nicht lebenslänglich ins Gefängnis. Aber wer sollte es denn sonst gewesen sein? Und Erpressung ist doch ein super Motiv!"

Frau Maier zögerte. War jetzt nicht vielleicht doch ein passender Moment, um den Tod von Herrn Gassner zu erwähnen? Aber andererseits … Die Polizei war ja vor Ort gewesen. Sogar Kommissar Förster. Er würde schon herausfinden, wenn es da etwas herauszufinden gab. Frau Maier sagte nichts.

Die Vroni stand auf und griff nach ihrer Tasche. „Morgen ist der letzte Arbeitstag von der Anja und vom Flori. Die Saison geht aufs Ende zu. Wir machen abends eine kleine Feier. Kommen Sie?"

„Nein, was soll ich denn bei euch jungen Leuten …"

„Ach, so ein Unsinn, wir wollen alle, dass Sie kommen. Die Anja hat gesagt, sie würde sich so freuen!"

„Dann müsste ich auf der Insel übernachten …"

„Das ist doch kein Problem. Entweder Sie fragen, ob das Gästezimmer frei ist, das kennen Sie doch schon." *Ja, leider,* dachte Frau Maier, aber sie sagte nichts. „Oder Sie bleiben einfach bei uns. Sie können mein Bett haben und ich schlafe auf der Couch." Die Vroni strahlte.

Frau Maier konnte nicht anders, als sich über die Einladung zu freuen. Ihr wurde wieder ganz warm ums Herz. „Na gut, ich komme", sagte sie.

XIV

Später, als sie vom Dampfersteg in Kauzing aus am See entlang zu ihrem kleinen Haus ging, da bereute sie es bereits. „Du blöde Kuh, warum hast du denn zugesagt?", sagte sie zu sich. Die Sonne stand schon tief über dem See, und das Wasser glitzerte verlockend. Sie sah die kleinen dunklen Punkte weit draußen – die Köpfe der Schwimmer, die ihre abendlichen Bahnen zogen.

Frau Maier seufzte. Sie wollte doch nichts als ihre Ruhe. Sie wollte heim. Das neue Gefühl von Zuhause genießen, das sie seit der Beerdigung endlich hatte. Das Gefühl, dass sie wirklich nach Kauzing gehörte. Dass sie keine Angst haben musste, den Menschen hier im Dorf zu begegnen. Dass niemand schlecht über sie dachte. Oder wenigstens nicht alle. „Zuhause“, sagte sie leise und ließ sich das Wort noch einmal auf der Zunge zergehen.

Und jetzt musste sie noch eine Nacht auf der Insel verbringen. Sie spürte die Gänsehaut in ihrem Nacken, obwohl es ein milder Abend war. Sie dachte daran, wie unwohl sie sich in diesem Gästezimmer gefühlt hatte. Beobachtet.

Die Sonne über dem See nahm allmählich eine rötliche Farbe an. Die Konturen der Berge traten immer deutlicher hervor. „Unsinn. Die Gestalt im Königsmantel war der Schachner. Und der sitzt jetzt im Knast“, sagte sie leise. Die Gänsehaut blieb.

Langsam ging Frau Maier weiter. So viele Fragen waren noch offen. Warum hatte der Chef sie im Königsmantel und mit einer Perücke verfolgt? War Vronis Unfall wirklich nur ein Zufall gewesen? Der Sturz des Schuldirektors? Und hatte der Schachner den Mord begangen?

Wer sollte es denn sonst gewesen sein? Die Vroni schien überzeugt zu sein. Und die Polizei? Offiziell waren die Ermittlungen noch nicht eingestellt worden. Natürlich nicht. Es gab ja auch noch kein Geständnis.

Die Sonne war noch tiefer gesunken. Ab einem bestimmten Punkt ging es ganz schnell und man konnte förmlich zusehen, wie sie hinter dem See versank. Über der Wasseroberfläche tanzten die Mücken und Bremsen. Und nicht nur dort. „Mistviech!“ Mit einem energischen Schlag hinderte Frau Maier ein Exemplar daran, sie in den Arm zu stechen.

Jetzt hatte sie ihr Haus erreicht. Sie streckte die Hand nach dem Gartentor aus und stutzte. Das Tor war nur angelehnt. Sie hatte es morgens aber ganz sicher zu gemacht. So wie immer. Langsam betrat Frau Maier den Garten und musterte ihr Zuhause. Das rote Ziegeldach, die grünen Fensterläden, den Holzstapel an der Hauswand, die kleine Veranda. Alles so wie immer. Oder?

Frau Maiers Herzschlag beschleunigte sich, als sie den Garten durchquerte und die kleine Treppe zur Eingangstür hochstieg. Auf der Terrasse stand ein Stuhl. Es war einer der Klappstühle, die normalerweise an der Hauswand lehnten. Außer, jemand klappte sie auf und setzte sich darauf. Dieser jemand war üblicherweise Frau Maier selbst.

Heute nicht. Als sie morgens zur Arbeit auf die Insel aufgebrochen war, hatten die Stühle alle an der Wand gelehnt. Sie wusste es ganz genau.

Das bedeutete: Jemand war hier gewesen und hatte einen Stuhl aufgestellt.

Frau Maier betrat das Haus. Es erschien ihr dunkler und kühler als sonst. Sie zog sich eine Strickjacke an und machte sich ein Käsebrot. Später hörte sie im Wohnzimmer Elvis und versuchte, sich voll und ganz auf *50 klassische Fischgerichte* zu konzentrieren. Immer wieder horchte sie, ob sie die Katze im Garten hören konnte. Doch sie tauchte nicht auf.

Heartbreak Hotel. Frau Maier stand auf und holte sich die alte Wolldecke. Es war ein warmer Abend, aber sie fror. „Ich werde doch nicht krank werden?", murmelte sie. Aber sie war nicht krank. Die Kälte kam von ganz tief drinnen. Denn dort wurde Frau Maier das Gefühl nicht los, dass sie etwas Wichtiges vergessen hatte. Oder übersehen.

So lonely. Sie dachte an den Freiberger Konny und an das Kutscherhäusl. Und in ihrem Nacken kribbelten noch immer die tausend Ameisen.

XV

Mitten in der Nacht wachte Frau Maier in Schweiß gebadet auf. Ein Bild war plötzlich aufgetaucht. Ein Bild von jemandem, der auf einem Klappstuhl vor ihrem Haus saß. Aber es war nicht die Gestalt im Königsmantel gewesen. Jemand anderes. Jemand, den sie schon einmal gesehen hatte. Aber wer? Sie konnte sich nicht erinnern.

Frau Maier lauschte in die Dunkelheit. Warum hatte sich die Katze nicht blicken lassen? Die Katze mit ihrem untrüglichen Gespür für Gefahr. Warum hatte sie ausgerechnet gestern wieder *Heartbreak Hotel* gehört? Das Lied, das sie mit dem Freiberger Konny verband, und das sie in Gedanken zurück zum Kutscherhäusel führte?

Eine Mücke näherte sich Frau Maiers Ohr. Ihr Surren klang in der Stille der Nacht unnatürlich laut. „Mistviech!" Ganz ruhig wartete sie, bis die Mücke direkt neben ihr summte, und hatte sie im nächsten Moment mit einer schnellen Handbewegung gefangen. Zufrieden wischte sie sich mit einem Taschentuch die Hand ab. Schnaken erlegen – das musste man im Sommer am See beherrschen.

Frau Maier trank einen Schluck Wasser, schüttelte ihr Kissen auf und ließ sich zurücksinken. Der Fall war geklärt. Oliver Schachner saß im Gefängnis. Es war bestimmt nur eine Frage der

Zeit, bis er den Mord zugab. Oder vielleicht war das dann Totschlag?

Jedenfalls war alles gut. Und morgen würde sie mit den jungen Leuten auf der Insel feiern. Sie konnte sich nicht erinnern, wann sie das letzte Mal auf einer Feier eingeladen gewesen war.

Frau Maier lächelte und schloss die Augen. Doch sobald sie geschlossen waren, war sie wieder da, diese Figur im Klappstuhl. Wer war das?

Frau Maier schwitzte.

Zwölftes Kapitel
Sonntag

I

Mit dem gewohnten, dreimaligen lauten Tuten legte der Dampfer vom Steg in Kauzing ab. Frau Maier blickte prüfend in den Himmel. Es war bereits heiß, aber etwas war anders als die vergangenen Tage. Es war schwül und stickig. Ein Unwetter lag in der Luft. Zum Glück hatte Elfriede den Zweitschlüssel zu ihrem Haus und sie würde nach der Arbeit voreischauen. Dann konnte sie die Katze hineinlassen, falls es wirklich schlimm werden sollte.

Frau Maier setzte sich unter Deck und trank Kaffee aus ihrer Thermoskanne. Neben ihr auf der gepolsterten Sitzbank stand ihre kleine Reisetasche mit allem, was sie für eine Nacht brauchte. Nach einigem Zögern hatte sie noch eine Flasche Prosecco eingepackt, die Frank ihr einmal mitgebracht hatte. Es gehörte sich nicht, Geschenke weiter zu schenken, aber sie hatte nichts anderes. Und sie wollte bei der Feier heute Abend nicht mit leeren Händen dastehen. Sie war etwas nervös, wenn sie daran dachte. Die ganzen jungen Leute – und sie. Was sollte sie denn da reden? Die Vroni wird schon mit mir reden, dachte sie, und bei dem Gedanken wurde ihr wieder warm ums Herz.

Der Kaffee tat gut. Frau Maier lehnte sich zurück und betrachtete das unruhige, wellige Wasser.

II

Der Stegwart nickte ihr aus seinem kleinen Kabuff zu. Er schien sie immer im Blick zu haben, egal wie viele Leute ausstiegen. Das Gefühl im Nacken wollte zurückkommen, aber Frau Maier ließ es nicht zu. Energisch marschierte sie zum Schloss, packte sich ihre Putzsachen und machte sich an die Arbeit. Voller Hingabe wischte sie den Parkettboden im Spiegelsaal und konzentrierte sich auf nichts anderes.

III

Dreihunderteinundzwanzig, dreihundertzweiundzwanzig, woher kamen heute nur die vielen Italiener? Dreihundertdreiundzwanzig … Irgendwie hatte sie heute früh schon wieder so angespannt ausgesehen. Dreihundertachtundzwanzig, dreihundertneunundzwanzig … Es war endgültig an der Zeit, dass dieses Herumschnüffeln aufhörte. Dreihundertdreißig. Er musste wohl selbst dafür sorgen. Von alleine hörte sie nicht auf. Dreihundertdreiunddreißig. Nicht einmal jetzt, wo alle glaubten, dass der Schachner schuldig war. Dreihundertvierunddreißig. Sie glaubte es nicht. Das wusste er. Und er selbst wusste natürlich, dass es nicht so war. Dass es längst nicht vorbei war. Dreihundertvierzig. Es war ein komischer Tag heute. Ein Unwetter würde es geben, das stand fest. Aber es würde heute noch mehr geben. Dreihundertdreiundvierzig, dreihundertvierundvierzig … Er spürte es in seinen alten Knochen.

IV

Die Hitze hing wie eine Glocke über der Insel. Die Luft war warm und zäh. Es war schwer, genug davon in die Lungen zu bekommen. Vom See stieg nicht genug Kühle auf, um Erfrischung zu bringen. Es war windstill, doch das Wasser lag nicht ruhig und glatt da, sondern es kräuselte sich. Der See war nervös, sein Wasser gelblich grün. Es sah giftig aus.

Die Pferde waren unruhig. Mit angelegten Ohren drängten sie sich am Rande der Koppel aneinander. Unablässig summten die Mücken um ihre Köpfe. Sie hatten Durst. Sie wollten Blut.

Etwas musste passieren.

Und es würde passieren.

V

Gegen sieben Uhr abends wurde es düster. Dunkle Wolken zogen über dem See auf und es war, als hätte jemand im Himmel den Lichtschalter ausgeknipst.

Frau Maier stand am Fenster des Gästezimmers und betrachtete die kleinen Wellen, die mit zunehmender Geschwindigkeit angetrieben wurden.

Sie hatte bei der Verwaltung doch nach dem Zimmer gefragt. Sie musste sich den jungen Leuten ja nicht auch noch als Übernachtungsgast aufdrängen. Nach der Arbeit hatte sie sich aufs Bett gelegt und tatsächlich zwei Stunden geschlafen. Die innere Unruhe war also weg. Oder fast weg.

Sie zögerte. Sie wollte so gerne noch einmal das schöne braune Pferd besuchen, bevor die Party losging. Um acht sollte sie da sein, hatte die Anja gesagt. Aber ob die Pferde jetzt überhaupt noch auf der Koppel standen? Vermutlich wurden sie gerade vorsorglich in den Stall gebracht, bevor es richtig los ging mit dem Unwetter.

Egal. Ein Spaziergang würde ihr nach diesem ausgiebigen Nickerchen so oder so guttun. Und wenn es anfing zu regnen, konnte sie immer noch schnell zurücklaufen.

Frau Maier zog sich ihre Strickjacke über und ging los.

VI

Sie konnte nicht widerstehen. Bevor sie den Weg zur Koppel einschlug, musste sie kurz zum Steg. An den See. Sie liebte diese Stimmung kurz vor dem Unwetter. Der dunkle Himmel, das aufgewühlte Wasser, die Schaumkronen auf den Wellen. Das ferne Donnergrollen und die ersten Blitze, die in den Bergen zuckten. Der Wind, der plötzlich wie aus dem Nichts zu kommen schien. Die orangefarbenen Lichter der Sturmwarnung, die um den ganzen See herum blinkten. Erst noch gemächlich, dann immer schneller und schneller.

Schon als Kind hatte sie sich in solchen Momenten wie in einem Abenteuerroman gefühlt.

Sie war die verwegene Heldin, die der Witterung trotzte. Während alle anderen Schutz suchten, stand sie alleine am Ufer und bot dem Sturm die Stirn.

In dem Moment traf sie genau dort der erste Regentropfen. Der Donner wurde lauter, er kam näher. Es war jetzt so dunkel, wie normalerweise erst spät am Abend. Der Steg war leer, alle Touristen hatten die Insel rechtzeitig verlassen. Frau Maier fröstelte und machte die Knöpfe ihrer Strickjacke zu. Sie sollte jetzt wohl besser zurückgehen. Das Pferd musste warten. Sie wandte sich zum Gehen – und stockte. Aus dem Augenwinkel hatte sie jemanden gesehen. *Nein. Die Gestalt gibt es nicht mehr. Die Gestalt sitzt im Gefängnis.*

Frau Maier ging einfach weiter. *Schnell zurück ins Trockene.* Der Regen prasselte jetzt bereits in dicken Tropfen herunter. Vom Wind gepeitscht traf er sie genau ins Gesicht. Sie senkte den Kopf und fing an zu rennen. Und genau da, wo der kleine Weg zum Kutscherhäusel abzweigte, hörte sie es wieder.

„Frau Maier!"

Im gleichen Moment ertönte ein lauter Donnerschlag, direkt gefolgt von einem grellen Blitz. Das Gewitter war jetzt genau über ihr. Ohne

Nachzudenken nahm sie den Weg zum Kutscherhäusel. Sie versuchte, im Laufen einen Blick über ihre Schulter zu werfen, aber sie konnte niemanden erkennen.

„Frau Maier!" Lauter. Eindringlicher.

Noch einmal drehte sie sich um und spähte angestrengt ins fahle Licht. Und plötzlich wusste sie, wer da durch den Regen hinter ihr herlief. Ihr wurde noch kälter.

Es war Fred, der Stegwart. Sie rannte wieder los. War *er* es vielleicht? Diese Figur auf dem Klappstuhl vor ihrem Haus? Es war jemand gewesen, den sie definitiv schon einmal gesehen hatte …

Sie spürte, wie kalte Angst sie fest im Genick packte. Was hatte sie erst heute Morgen über Fred gedacht? *Er hat mich immer im Blick, egal wie viele Leute aussteigen.* Sie wusste nicht, warum sie plötzlich solche Angst vor ihm hatte. Ein weiterer Donner krachte über ihr. Und ein weiterer Gedanke schoss in ihren Kopf und raubte ihr die Luft zum Atmen. *Die Seniorenresidenz.* Er war da gewesen. Hatte irgendetwas von seiner Schwester gemurmelt. Aber was, wenn er sie in Wahrheit dorthin verfolgt hatte? Oder wenn am Ende sogar *er* den Gassner …?

Frau Maier rannte noch schneller. Sie war kurz

davor, in Panik zu geraten. Oder war es nur die Art, wie er ihren Namen rief, die sie so kopflos machte?

Frau Maier. Frau Maier!

Im Kutscherhäusel brannte Licht. Die Versiegelung der Polizei war offensichtlich aufgehoben worden, denn die Tür war nur angelehnt. Vielleicht hatte sie Glück und der Kommissar selbst war gerade dort, um sich noch einmal umzusehen. Vielleicht gab es neue Hinweise aus den Vernehmungen von Oliver und Simon Schachner, denen er nachgehen wollte?

Frau Maier fühlte Erleichterung aufsteigen. Sie stürzte ins Kutscherhäusel und zog die Tür hinter sich zu. Endlich im Hellen. Und im Trockenen. Und weg von dem unheimlichen Stegwart. Und weg von der Stimme, die ihren Namen rief. Sie betrat das Wohnzimmer und erwartete dort Kommissar Förster. Zu spät bemerkte sie ihren Fehler.

Sylvia Freiberger saß mitten in einem riesigen Chaos aus Papierstapeln, Schachteln, Büchern und Ordnern. In einer Art Topf vor ihr brannte ein kleines Feuer. Gerade zündete sie ein Papier an einer Ecke mit einem Feuerzeug an und ließ es dann in den Topf fallen.

Sie sah auf und ihr Blick traf Frau Maier. „Sie

können das Schnüffeln wohl nicht lassen, oder?", bemerkte sie kühl.

Genau in diesem Augenblick erhellte ein Blitz, der mindestens so grell war wie die, die draußen am Himmel zuckten, Frau Maiers Gedächtnis. Genau in diesem Augenblick wusste sie mit hundertprozentiger Sicherheit, dass die Gestalt auf dem Stuhl vor ihrem Haus Sylvia Freiberger gewesen war. Die Furie.

VII

„Jetzt schauen Sie aber wirklich so aus, als hätten Sie ein Gespenst gesehen", sagte Sylvia Freiberger.

Mit einigen schnellen Schritten war Frau Maier an der Tür des Zimmers, in dem Konny Freiberger sein privates Königsmuseum eingerichtet hatte, und stieß sie auf.

Eine Hand legte sich von hinten auf ihre Schulter und hielt sie umklammert. Frau Maier konnte jeden einzelnen knochigen Finger spüren. Wie bei einem Skelett, dachte sie und schüttelte sich.

„Wohin des Wegs, Frau Maier? Ich würde vorschlagen, Sie bleiben bei mir im Wohnzimmer."

Und mit diesen Worten wurde sie unsanft von der knochigen Hand zurückdirigiert.

„Ich wollte nur schauen, ob der Königsmantel wieder da ist …“, stammelte Frau Maier. Sie war verwirrt. So viele Gedanken waren in ihrem Kopf, sie konnte keinen einzigen davon festhalten.

Sylvia Freiberger musterte sie. „Was soll ich denn mit dem Königsmantel? Ach, Sie meinen, dass ich mich als König verkleidet habe? Sicher nicht.“ Sie schnaubte verächtlich. „Das war der Schachner, dieser Idiot.“ Sie ließ sich wieder neben ihren Feuertopf sinken und zündete das nächste Stück Papier an.

„Aber Sie haben doch gestern vor meinem Haus gesessen? Auf dem Klappstuhl?“ Frau Maiers Stimme verriet ihre Unsicherheit, und Sylvia Freiberger stürzte sich voller Wonne darauf.

„Oh je, oh je“, flötete sie mit gespielter Besorgnis. „Sie sind wirklich nicht mehr ganz frisch hier oben, oder?“ Sie tippte sich an die Stirn. „Was soll ich denn vor Ihrem Haus? Ich habe wirklich Besseres zu tun. Ich setze mich ganz sicher nicht vor Ihr Haus und ich renne auch nicht in irgendwelcher albernen Verkleidung hinter Ihnen her. So wichtig sind Sie auch wieder nicht, *liebe Frau Maier.* Oder besser gesagt: So wichtig sind Sie *mir* nicht. Dem Herrn Schachner offensichtlich schon."

Frau Maiers Verwirrung wuchs. Sie dachte einige Sekunden nach und beschloss dann, dass sie lieber mit dem Stegwart Fred draußen auf der dunklen Insel und mitten im Unwetter sein wollte als hier mit der unheimlichen Furie.

Langsam wich sie zurück in Richtung Tür. Sylvia Freiberger war zum Glück beschäftigt mit ihrer kleinen Feuerstelle. Außerdem war sie in Redelaune. „Etwas anderes war es natürlich mit der naiven kleinen Schlossführer-Maus", sagte sie beiläufig und überflog ein weiteres Blatt Papier.

Frau Maier machte noch einen Schritt in Richtung Tür.

„Die *liebe Vroni*!", säuselte Sylvia Freiberger und Frau Maier erstarrte. „Ich hatte einfach keine Ahnung, wie viel mein Trottel von Ehemann ihr erzählt hat. Er hat immer so geschwärmt, wie gut sie zuhören kann. Und Ihnen wollte Sie schließlich auch gleich alle Details zu unserer Scheidung auf die Nase binden. Das habe ich ja unten am Steg mitbekommen."

Sie sah auf und musterte Frau Maier. Die hielt die Luft an. *Wieder ein Fehler.* Und was für einer! Sie hatte völlig vergessen, die Vroni noch einmal zu fragen, was es mit dieser Scheidung auf sich gehabt hatte. So etwas Dummes, fluchte sie innerlich. Offensichtlich wäre genau das die richtige Fährte gewesen.

„Also haben Sie das Fahrrad manipuliert?"

Sylvia Freiberger sah Frau Maier aufmerksam an. Dann grinste sie spöttisch. „Das wüssten Sie jetzt gerne, oder? Wer weiß, vielleicht war das mit dem Fahrrad auch wirklich nur ein Unfall? Und ich habe es auf eine ganz andere Art und Weise versucht? Na ja, es wird sich zeigen. Wenn die Bremsen erst repariert sind, und der lieben Vroni trotzdem noch einmal etwas zustößt ..."

Frau Maier überlegte fieberhaft. Was konnte sie meinen? Was könnte sie außer dem Fahrrad noch manipuliert haben? Doch dann warf sie einen Blick ins Gesicht der Furie, und es platzte aus ihr heraus: „So ein Schmarrn! Sie wollen mich doch nur verunsichern. Natürlich war es das Fahrrad. Ich glaube nicht an so einen Zufall!"

Sylvia Freiberger zuckte die Achseln. „Vielleicht, vielleicht auch nicht." Dann nahm sie wieder ein Blatt Papier und redete weiter: „Ich dachte jedenfalls, es würde auf keinen Fall schaden, sie zum Schweigen zu bringen. Sicher ist sicher. Aber wie war das gleich wieder? *Das Glück ist mit den Dummen.*"

Frau Maier wurde wütend. „Die Vroni ist nicht dumm …"

Im selben Moment hätte sie sich am liebsten geohrfeigt. Die Frau vor ihr hatte gerade zugegeben, dass sie einen Mordversuch begangen hatte, und sie hatte nichts Besseres zu tun, als einen Streit mit ihr anzufangen.

„Und was war mit dem Herrn Gassner? Haben Sie den auch …" Frau Maier verstummte.

Sylvia Freiberger starrte sie einige Sekunden an. Dann tippte sie sich mit dem Finger an die Stirn. „Sie haben doch nicht mehr alle Tassen im Schrank. Was habe ich denn mit dem Gassner zu schaffen?"

Vorsichtig wich Frau Maier einen weiteren Schritt zurück. Die Tür war bereits zum Greifen nah.

Sylvia Freiberger stand auf. „Ich schlage vor, Sie kommen von der Tür weg", sagte sie, und ihre Stimme hatte einen wütenden Unterton.

Frau Maier blieb stehen.

Sylvia Freiberger ging zu ihr, packte sie, zog sie am Arm zurück ins Zimmer und drückte sie so heftig in den einzigen Stuhl im Raum, dass es wehtat. Dann setzte sie sich auf die Tischplatte. „Ich bleibe wohl besser in Ihrer Nähe", schnaufte sie.

Frau Maier sah in ihr Gesicht und musste an die Szene am Steg denken. Sylvia Freiberger war jetzt wieder die Furie, die sie bei dieser ersten Begegnung gewesen war.

VIII

Irgendwo auf dieser verdammten Insel musste es doch einen großen Stein geben. Oder einen großen Ast. Wenn es nur nicht so dunkel wäre.

Er schnaufte. Der Regen prasselte auf ihn herunter und lief in den Kragen seiner Jacke und den Rücken herunter. Er fluchte. *Diese Frau Maier.* Nichts als Ärger mit ihr!

Seine Hände ertasteten einen dicken Stock. Kurz genug, um ihn gut schwingen zu können. Nicht so schwer wie ein massiver Kerzenleuchter, aber schwer genug. Er richtete sich mühsam auf. Der Stock lag gut in der Hand. Er nickte zufrieden. Jetzt musste er nur noch den richtigen Zeitpunkt abwarten.

IX

Frau Maier war immer noch so verwirrt und gleichzeitig so erschöpft, dass sie nicht undankbar war, jetzt auf diesem Stuhl im Kutscherhäusl zu sitzen. Nur die Gesellschaft könnte besser sein, dachte sie. Ihr Blick fiel auf den eigenartigen Feuertopf auf dem Boden und sie fragte: „Was machen Sie eigentlich hier?"

„Sind Sie sicher, dass Sie das wissen wollen?" Sylvia Freiberger warf ihr einen scharfen Blick zu. Dann zuckte sie mit den Schultern. „Aber eigentlich ist es auch egal. Sie wissen sowieso schon viel zu viel."

Frau Maier wurde es mulmig. Zu viel? Was sollte das denn heißen? „Was bitteschön weiß ich denn?", antwortete sie. „Ich habe gerade den Eindruck, dass ich gar nichts mehr weiß." Und das war nicht einmal gelogen.

„Denken Sie, ich bin so naiv wie ihre neue kleine Freundin?" Die Furie lächelte süffisant. „Wenn Sie es genau wissen wollen: Ich vernichte hier Beweismittel."

Frau Maier sagte nichts, aber ihr fiel plötzlich auf, wie nass ihre Kleidung war, und wie kalt ihr Körper allmählich wurde. Ihre Beine fühlten sich schon ganz steif an.

„Jetzt, wo der Oliver Schachner verdächtigt wird und praktischerweise auch noch ein Motiv hat, ist dafür doch ein perfekter Zeitpunkt, finden Sie nicht? Das war wirklich ein glücklicher Zufall, dass gerade jetzt der Betrug und die Erpressung aufgeflogen sind."

Frau Maier schluckte. Aber die Neugier siegte. „Ja, und was vernichten Sie da so?"

„Korrespondenzen, Akten – alles, was darauf hinweist, wie sehr ich die Scheidung wollte. Und dass mein lieber Ehemann mir das vermiesen wollte. Einfach nur so, um mich zu ärgern. Oder denken Sie, er wollte mich aus Liebe halten?" Sie lachte höhnisch.

Frau Maier dachte sofort an den Brief vom Anwalt, den sie auf Konnys Toilette entdeckt hatte. Es kam ihr vor, als läge das bereits Wochen zurück, dabei waren seitdem erst wenige Tage vergangen. „Aber hat die Polizei hier nicht schon alles durchforstet?", fragte sie möglichst unschuldig.

„Doch, natürlich, was denken Sie denn? Das meiste hatte ich vorher schon entfernt. Aber ein, zwei Briefe haben noch gefehlt, und ich weiß eben besser als die Polizei, wo ich hier in diesem Chaos suchen muss. Ich weiß, wo er Dinge versteckt hat, die ihm wichtig sind. Weil ich weiß, wie das kranke Hirn meines Mannes tickt. Oder vielmehr: getickt hat. Gott sei Dank!"

Noch einmal musste Frau Maier an die erste Begegnung mit dieser Frau denken. „Ich bin froh, dass er tot ist", wiederholte sie halblaut ihre Worte von damals.

Sylvia Freiberger nickte. „Ganz genau. Und das habe ich der Polizei auch gesagt. Ich war ganz ehrlich. Von Anfang an. Was kann ich dafür, wenn ich nicht ernst genommen werde?"

Frau Maier räusperte sich. „Na ja, Sie hatten eben ein Alibi."

Sylvia Freiberger winkte ab. „Ein Alibi kann jeder haben, der ein bisschen nachdenkt. Und der die richtigen Leute kennt."

Ein lauter Donnerschlag ließ Frau Maier zusammenzucken. Sie lauschte ihm nach und hörte den Regen, der immer noch herunterprasselte, und den Wind, der am Dach des Kutscherhäusls zerrte. Sie schaute die Frau an, die ihr gegenüber saß, und die sie keine Sekunde aus den Augen ließ. In was für eine Situation hatte sie sich da nur wieder gebracht? Sie seufzte. Aber es gab wohl kein Zurück mehr.

„Also, haben Sie Ihren Mann umgebracht?", fragte sie mit möglichst fester Stimme.

Sylvia Freiberger nickte mit einem Gesichtsausdruck, als sei das das Selbstverständlichste auf der Welt. „Ja, natürlich! Ich bin mit meinem Motorboot hergefahren und habe ihn umgebracht. Zurück musste ich allerdings den Dampfer nehmen, da war mir am Ufer schon zu viel Polizei unterwegs. Aber ich bin niemandem aufgefallen. Bis die mich angerufen haben, war ich schon wieder daheim."

„So einfach war das?"

„So einfach war das."

Frau Maier konnte kaum glauben, wie gleichgültig sie darüber sprach.

„Ja, aber … Wurde das Boot dann nicht gefunden? Und Ihre Freundin … Das Alibi?"

Frau Maier kam ins Stottern. Diese Kaltblütigkeit brachte sie völlig aus der Fassung.

„Das Boot habe ich natürlich vorher versteckt. Ich kenne die Insel wie meine Westentasche. Später konnte ich es dann ganz bequem holen. Tja, und das Alibi meiner lieben Freundin …" Sie legt den Kopf in den Nacken und lachte schallend. Dann beugte sie sich verschwörerisch zu Frau Maier hinüber. „Das Geheimnis jeder guten Sache ist: Machen Sie es wenn, dann richtig. Mit Überzeugung." Sie nickte bekräftigend. „Das gilt für einen guten Job. Für eine gute Ehe. Und für einen guten Mord."

Frau Maier wurde flau im Magen. Sie konnte sich denken, dass zu dieser guten Sache auch gehörte, Zeugen wie sie aus dem Weg zu räumen. Sicher gab es dafür auch schon den perfekten Plan. Sie rutschte unruhig auf ihrem Stuhl herum.

Sylvia Freiberger lächelte. „Jetzt habe ich Ihre Neugier geweckt, stimmt's? Fragen Sie ruhig." Und sie lehnte sich gönnerhaft in ihrem Stuhl zurück und schlug entspannt die Beine übereinander.

Frau Maiers Mund war trocken. Sie schluckte. „Ja, und wie war das dann mit dem Alibi?"

Weiter kam sie nicht, denn genau in diesem Augenblick passierten drei Dinge gleichzeitig.

Erstens: Ein Donner, lauter als alle zuvor, schien das Kutscherhäusl in seinen Grundfesten zu erschüttern. Die Scheiben klirrten. Irgendwo flog ein Fenster auf und der kalte Sturm wehte herein.

Zweitens: Ein greller Blitz erhellte die Szenerie und ließ das Gesicht von Sylvia Freiberger noch blasser aussehen. Ihr roter Lippenstift leuchtete blutrot. Es sah gespenstisch aus.

Drittens: Hinter Sylvia Freiberger tauchte wie aus dem Nichts eine Gestalt auf. Eine Gestalt mit hoch erhobener Hand. Etwas Schweres in dieser Hand sauste auf Sylvia Freiberger herab, die ahnungslos in ihrem Stuhl saß. Lautlos sank sie zu Boden.

Frau Maier starrte die Gestalt an. Der Stegwart Fred starrte zurück. „Worauf warten Sie denn noch?“, zischte er dann. „Schnell weg hier. Schnell zur Telefonzelle.“

Frau Maier hatte den Eindruck, dass jemand sie genau an dem Platz, an dem sie stand, mit Leim festgeklebt hatte. Sie konnte ihre Füße nicht bewegen.

Fred packte sie am Arm und zerrte sie unsanft mit. Im nächsten Moment liefen sie nebeneinander durch die Dunkelheit und durch den strömenden Regen.

X

„Jetzt weiß ich immer noch nicht, wie sie das mit dem Alibi gemacht hat!“, schrie Frau Maier gegen den lauten Wind an.

„Ich bitte vielmals um Entschuldigung“, brüllte Fred zurück. „Das nächste Mal störe ich Sie bei Ihren angeregten Gesprächen mit einer Mörderin nicht mehr.“

Frau Maier dachte an den Abend, an dem er

sie gerettet hatte, und daran, wie beleidigt er gewesen war, als sie nicht auf sein Fahrrad hatte steigen wollen. Fred war wohl etwas empfindlich. Trotz der absurden Situation, in der sie sich befanden, musste sie ein bisschen lachen.

„Jetzt seien Sie doch nicht gleich wieder eingeschnappt", lenkte sie ein. „Sie sind wirklich ein Held. Sie haben mich schon zum zweiten Mal gerettet."

Das schien dem Fred zu gefallen. Er nickte und verlangsamte seinen Schritt. „Wir müssen ja nicht ganz so rennen", schnaufte er.

„Nein", stimmte Frau Maier dankbar zu. Ihr ging allmählich die Puste aus. „Ich denke, die Frau Freiberger liegt gut da hinten im Kutscherhäusl." Nach einer kurzen Verschnaufpause fragte sie: „Wie sind Sie eigentlich darauf gekommen, dass ich … also, wie soll ich sagen …"

„Dass Sie sich mal wieder in Schwierigkeiten gebracht haben? Das war mir von Anfang an klar, dass Sie eine sind, die nichts als Ärger macht. Und dass Sie das Schnüffeln einfach nicht lassen können. Ich habe eine sehr gute Menschenkenntnis, wissen Sie."

Frau Maier schaute ihn von der Seite an. Er grinste. Frau Maier musste auf einmal an Hape denken, ihren Verehrer, als sie damals im Kurhotel gearbeitet hatte. Irgendetwas in Freds Stimme erinnerte sie an ihn. Sie überlegte. War es möglich, dass Fred gerade mit ihr flirtete? Während Sie gemeinsam durch das Unwetter rannten? Nachdem sie gerade erst einer Mörderin entkommen waren?

„Und dann habe ich Sie am Steg gesehen. Alleine. Im Dunkeln. Ich wollte Sie warnen, aber Sie sind ja einfach weggelaufen. Sie sind wohl keine, die sich umdreht, wenn ihr jemand nachpfeift? Oder, wie in meinem Fall, nachruft?"

Sie schaute ihn noch einmal von der Seite an. Er grinste immer noch auf diese Weise, die sie an ihren Verehrer aus dem Kurhotel erinnerte. Sie schüttelte den Kopf. Er flirtete mit ihr. Tatsächlich. „Das Leben ist wirklich eigenartig", murmelte sie.

„Wie bitte?", rief Fred.

„Nichts", schrie Frau Maier zurück. „Also, warum wussten Sie, dass ich in Gefahr bin?"

„Ich habe das Boot von der Freiberger im Schilf gesehen, deswegen wusste ich, dass sie auf der Insel ist." Fred schien keine Lust auf langwierige Erklärungen zu haben, aber Frau Maier ließ nicht locker.

„Und?"

„Und ich weiß schon seit Langem, dass diese Person gefährlich ist."

„Tatsächlich?“

„Ja, tatsächlich. Ich mochte den Konny. Ein feiner Kerl. Und ich wusste von ihm, wozu sie fähig ist. Außerdem habe ich sie ja selbst oft genug erlebt ...“ Fred schüttelte den Kopf. „Und ich wusste immerhin, dass sie am Morgen des Mordes auf der Insel war.“

„Wie bitte? Das wussten Sie? Warum haben Sie denn das nicht früher gesagt?“

Frau Maier war vor Überraschung stehen geblieben. Fred rief ihr über die Schulter zu: „Mich hat ja keiner gefragt!“ Es klang schon wieder ziemlich eingeschnappt.

Frau Maier verdrehte die Augen, aber das konnte er wegen der Dunkelheit zum Glück nicht sehen. „Na, da hat die Polizei aber bei ihren Befragungen etwas schlampig gearbeitet, würde ich sagen!“, brummte sie und setzte sich wieder in Bewegung.

„Allerdings“, stimmte Fred ihr sofort zu. „Aus meinen Aufzeichnungen geht eindeutig hervor, dass die Freiberger an diesem Morgen auf der Insel war.“

„Was denn bitte für Aufzeichnungen?“

„Ich notiere mir, wer so mit dem Schiff ankommt. Ich zähle mit, mache Strichlisten und schreibe mir Besonderheiten auf.“ Er zuckte leicht verlegen mit den Achseln. „Mir wird sonst langweilig in meinem kleinen Kabuff."

Frau Maier seufzte. „Sie haben wirklich Ähnlichkeiten mit unserem König, wissen Sie das?"

Fred schüttelte den Kopf. „Wieso denn das?"

Sie lächelte. *„Ein ewig Rätsel will ich bleiben, mir und anderen* – das könnte genauso gut Ihr Motto sein!" Sie sah ihn an und sie mussten beide lachen.

„Vielen Dank für das Kompliment", sagte Fred. „Das freut mich natürlich besonders, wenn es von jemandem wie Ihnen kommt."

Frau Maier wusste nicht, was sie dazu sagen sollte. Ich muss wirklich an meinem Umgang mit Männern arbeiten, dachte sie. Vielleicht sollte ich darüber mal mit Frank reden.

Der Regen lief ihr über das Gesicht und erinnerte sie plötzlich an die Tränen, die sie in ihrem Leben schon aus Liebeskummer vergossen hatte. Für den Karli. Einen anderen Mann hatte es nie gegeben. So lange war das her. So weit weg erschien es ihr.

„Sie haben also auch kein Handy?", rief sie schließlich wieder gegen das Brausen des Windes an, um irgendetwas zu sagen.

„Doch, natürlich habe ich ein Handy!", erwiderte Fred.

Frau Maier blieb abrupt stehen. „Warum laufen wir dann wie die Idioten durch Sturm und Regen zur Telefonzelle? Rufen Sie auf der Stelle die Polizei an!"

„Kein Empfang." Fred zuckte mit den Achseln. „Der Empfang hier auf der Insel ist nie gut, aber heute Abend geht gar nichts.

Frau Maier gab ein verächtliches Grunzen von sich und setzte sich wieder in Bewegung. „Da kann Frank mir noch so oft einreden, dass ich ein Handy brauche, es nützt doch eh nix."

„Wer ist denn der Frank?" Wie aus der Pistole geschossen kam die Frage. Frau Maier überlegte. Konnte es sein, dass Fred eifersüchtig war?

„Ein Bekannter", erwiderte sie beiläufig. „Ein *guter* Bekannter", fügte sie hinzu und konnte sich ein Grinsen nicht verkneifen. „Haben Sie eigentlich wirklich eine Schwester in der Seniorenresidenz am See?", fragte sie dann.

Fred wand sich. Er brummelte irgendetwas Unverständliches und schaute stur geradeaus. „Oder wollten Sie mich da auch wieder beschützen?"

„Wir müssen uns beeilen." Fred trabte weiter.

Der Regen peitschte immer noch quer über die Insel, getrieben vom Gewittersturm. Aber Frau Maier und Fred waren inzwischen so durchnässt, dass es keine Rolle mehr spielte. Ein weiterer Blitz erhellte den Himmel und der Donner grummelte. Täuschte sie sich oder war er nicht mehr so laut? Und der Blitz bereits weiter weg?

„Ich glaube, das Gewitter zieht weiter“, rief sie Fred zu. Dann stutzte sie. Fred war nicht mehr neben ihr. Sie erschrak, aber im gleichen Moment wurde ihr klar, dass das Blödsinn war. Der Fred war einfach ein paar Meter zurückgefallen, er war ziemlich außer Atem. Ich bin wohl doch sportlicher, als ich geahnt habe, dachte sie. Aber sie hütete sich, das laut auszusprechen. Fred wäre sonst sicher sofort wieder beleidigt. Sie blieb stehen und nach wenigen Augenblicken hatte er sie eingeholt.

„Ich musste …“ Er rang nach Luft. „Meine Schnürsenkel … offen.“

Frau Maier erwiderte lieber nichts und setzte sich wieder in Trab.

Ein Blitz zuckte am Himmel und auch Frau Maier zuckte zusammen, als hätte sie einen elektrischen Schlag abbekommen. Was war das gewesen? Aus dem Augenwinkel hatte sie eine Bewegung wahrgenommen. Hinter Fred, ein paar Meter weiter weg, im Gebüsch.

Kribbelte es schon wieder in ihrem Nacken oder waren das nur die vielen Regentropfen, die sich dort gesammelt hatten und bereits ein kleines Rinnsal ergaben?

Wer war da? Ihr wurde eiskalt. Sie schüttelte sich.

„Was ist los?“ Fred sah sie scharf von der Seite an.

Frau Maier zögerte. „Nichts“, sagte sie dann und lief weiter. Sie hatte in letzter Zeit zu oft Gespenster gesehen.

XI

Ihre Hände zitterten, als sie die Nummer des Kommissars tippte. Frau Maier ärgerte sich ein bisschen. Sie musste wirklich damit aufhören, sich überall Gestalten einzubilden, wo keine waren. Dringend. Und auch die Träume von irgendwelchen Menschen auf Klappstühlen auf ihrer Veranda mussten aufhören. Schleunigst.

„Meine Nerven waren wirklich schon besser“, sagte sie und kniff die Augen zusammen, um die Zahlen auf der zerknitterten Visitenkarte zu entziffern. Sie war nicht sicher, ob es nicht schlauer wäre, einfach die 110 zu wählen. Aber irgendwie kam es ihr so vor, als sei der Kommissar Förster näher an der Insel.

Es klingelte. Freizeichen. Frau Maier war nervös. Sie war sogar sehr nervös. Ganz plötzlich. Sie spähte nach draußen und sah Fred. Obwohl er sehr nahe an der Zelle stand, konnte sie ihn nur schemenhaft erkennen, weil die Telefonzelle beleuchtet war, während es draußen stockdunkel war. Außerdem lief das Regenwasser in kleinen Bächen an den Glaswänden herunter.

Und auf einmal veränderte sich die Zeit. Sie wurde langsamer. Alles lief nur noch in Zeitlupe ab.

Eine Gestalt tauchte direkt hinter Fred auf. Er konnte sie nicht hören, wegen des Sturmes und des Regens. Die Gestalt kam näher. Frau Maier wollte schreien, aber sie konnte nicht.

Die Gestalt war direkt hinter Fred und legte ihm etwas um den Hals. Einen Schal? Eine Schnur?

Die Gestalt war größer als er. Ein ganzes Stück größer. Die Zeit schien jetzt endgültig stillzustehen, während Frau Maier den Kampf vor der Telefonzelle betrachtete. Zu hören war nichts, außer dem prasselnden Regen. *Wie in einem Stummfilm,* dachte Frau Maier.

Ein Donner krachte. Und endlich konnte sie sich aus ihrer Erstarrung lösen. Sie stürzte aus der Telefonzelle.

Und im gleichen Augenblick herrschte auf einmal Chaos, als mehrere weitere Gestalten sich plötzlich aus der Dunkelheit mitten ins Gerangel stürzten. Fred lag auf dem Boden. Frau Maier kniete sich neben ihn und nahm seinen Kopf in den Schoß. Dann erhellte eine Taschenlampe die Szene: Die Furie stand keuchend im Regen. Ihr roter Lippenstift war verwischt und es sah so aus, als hätte sie einen Blut verschmierten Mund. Frau Maier musste den Blick von ihrem Gesicht abwenden. Vroni und Flori hielten Sylvia Freiberger gemeinsam mit aller Kraft fest, während Anja, die eine Stirnlampe trug, ihr mit einem Schal die Hände hinter dem Rücken zusammenband. Mit dem Schal, mit dem Sylvia Freiberger gerade versucht hatte, Fred zu erwürgen.

Frau Maier spürte, dass die Kälte und die Nässe sich in ihrem Körper schon so weit ausgebreitet hatten, dass sie kaum mehr die Kraft hatte, sich zu bewegen.

„Frau Maier, was ist mit Fred?“, schrie die Vroni zu ihr herüber.

„Er atmet!“, rief sie zurück.

Und dann, etwas leiser, weil sie merkte, dass ihr die Stimme wegblieb: „Jemand muss die Polizei rufen. Ich bin noch nicht dazu gekommen.“

Morgen habe ich die Grippe, dachte sie.

XII

„Frau Maier, Frau Maier!“ Die Vroni saß neben ihr auf der Bank an der Anlegestelle. Trotz der Decke, die ihnen ein Sanitäter gebracht hatte, klapperte Frau Maier mit den Zähnen. „Sie schauen doch Krimis im Fernsehen. Wussten Sie denn nicht, dass der Mörder immer noch einmal zurückkommt?“ Vroni schüttelte vorwurfsvoll den Kopf.

„Aber sie war doch ohnmächtig, sie lag da im Kutscherhäusl und …“

„Fesseln. Immer fesseln. Nie einfach so zurücklassen!“ Die Vroni hatte eine ernste Stimme, aber aus den Augenwinkeln sah Frau Maier, dass sie grinste.

Frau Maier seufzte. „Aber alles ist nicht so gekommen wie in den Krimis im Fernsehen.“

„Wie meinen Sie das?“

„Im Krimi ist nie derjenige, der sich offensichtlich darüber freut, dass das Opfer tot ist, tatsächlich der Mörder“, antwortete Frau Maier. „Das wäre ja zu einfach.“

Frau Maier beobachtete, wie die Sanitäter den Fred auf ein Boot verfrachteten, während der Flori seinen Kollegen über den Zustand des Patienten Auskunft gab. Sturm und Regen hatten schlagartig nachgelassen, sodass Freds schwache

Proteste zu hören waren. „Mir fehlt doch nix, also wirklich. Ich brauche keinen Arzt!"

Die Sanitäter schenkten seinen Einwänden keinerlei Beachtung. Das Boot legte ab, so wie vor einigen Minuten das Boot mit der vor Wut schnaubenden Sylvia Freiberger abgelegt hatte. Frau Maier hatte immer noch ihren blutrot verschmierten Mund vor Augen und fröstelte. Es war ein gutes Gefühl, dass die Polizei ihr ordnungsgemäß Handschellen angelegt hatte, und dass Kommissar Förster sie ab jetzt wohl keine Sekunde mehr aus den Augen lassen würde.

„Da habe ich mich vom Schachner und dem Mantel doch tatsächlich aufs Glatteis führen lassen und dabei die Sylvia Freiberger total vergessen", bemerkte Frau Maier.

„Wie bitte?", fragte die Vroni.

„Ich hätte es wirklich wissen müssen, dass sie es war", erläuterte Frau Maier. „Es war doch eigentlich ganz logisch!"

„Wieso hätten *Sie* das denn wissen müssen? Die *Polizei* hätte drauf kommen müssen", erwiderte die Vroni. Als Frau Maier nicht antwortete, fügte sie hinzu: „Oder sind Sie eine verdeckte Ermittlerin?" Sie hatte eigentlich einen Scherz machen wollen, aber ganz sicher klang ihre Stimme nicht. Nach einigen Momenten des Schweigens schlug sie sich plötzlich mit der flachen Hand an die Stirn. „Das ist es! Sie *sind* verdeckte Ermittlerin! Daher auch Ihre vielen Fragen. Über den Schachner und über meinen Unfall und darüber, ob ich mich beobachtet fühle."

Die Vroni sah Frau Maier jetzt so ehrfürchtig an, dass Frau Maier lachen musste. Vielleicht sollte ich mal meinen alten Freund, den Brandner anrufen und meine Dienste als verdeckte Ermittlerin anbieten, dachte sie. Laut sagte sie: „Nein, ich bin keine verdeckte Ermittlerin. Ich war doch schon einen Tag vor dem Mord im Schloss. So weit ist die Polizei noch nicht, dass die verdeckten Ermittler schon vor der Tat eingeschleust werden."

„Aber vielleicht wegen der Sache mit den Betrügereien vom Chef? Die laufen ja schließlich schon länger." So leicht ließ sich die Vroni von ihrer spannenden Vermutung nicht mehr abbringen.

„Nein", seufzte Frau Maier. „Nein. Ich muss Sie enttäuschen. Ich bin einfach nur neugierig."

Nach einer kurzen Pause fügte sie hinzu: „Aber es schmeichelt mir, dass sie mir zutrauen, Polizistin zu sein. Und zwar eine, die noch im Dienst ist, und nicht schon längst im wohl verdienten Ruhestand."

Die Vroni grinste. „Ich glaube, Sie sind eine Frau, der man alles zutrauen sollte."

Frau Maier lachte. „Wissen Sie, was mich heute Abend wirklich geärgert hat?", fragte sie. Ohne eine Antwort abzuwarten, fuhr sie fort: „Dass mir klar geworden ist, dass ich ständig vergessen habe, noch einmal zu fragen, was Sie mir damals am Steg eigentlich über die Scheidung der Freibergers erzählen wollten."

Die Vroni starrte sie an. „Ich fasse es nicht. Sie schweben in Lebensgefahr, Sie kämpfen sich durch Dunkelheit und Unwetter, Sie beobachten beinahe einen Mord – und das Einzige, was Sie an diesem Abend ärgert, ist, dass wir noch Klatsch und Tratsch nachholen müssen?!" Sie seufzte. „Frau Maier, Frau Maier. Ich sage es ja: Ihnen muss man wirklich alles zutrauen." Dann lachte sie und zuckte die Achseln. „Es ist überhaupt nicht spektakulär. Die Freiberger hat einen reichen Macker aus Salzburg kennen gelernt. Keine Ahnung, wie sie das geschafft hat, aber der wollte sie heiraten. Das geht aber nun mal nur, wenn man geschieden ist."

„Und das wollte der Konny nicht?"

„Sie hat den Konny während der Ehe so mies behandelt. Deshalb konnte er dieser kleinen Rache nicht widerstehen. Ist doch verständlich!"

Die Vroni fing sofort an, Konny zu verteidigen.

„Ja, das ist natürlich verständlich!“, warf Frau Maier schnell ein.

„Finde ich auch. Er hat mir erzählt, dass er versuchen wird, die Scheidung so lange wie möglich herauszuzögern. Um seine Noch-Ehefrau zu ärgern, aber auch als Akt der Nächstenliebe. So hat er es immer genannt.“

„Akt der Nächstenliebe?“

„Ja, er wollte dem neuen Ehemann in spe die Chance geben, doch noch zu merken, was für ein Mensch sie ist. Man kann sich schließlich nicht ewig verstellen.“ Sie wurde nachdenklich. „Ich glaube, genau davor hatte die Freiberger auch panische Angst. Früher oder später hätte der Typ gemerkt, wen er sich da geangelt hat. Er hätte gemerkt, dass sie überhaupt keine Freunde hat, dass niemand etwas mit ihr zu tun haben will ...“

„Aber sie hat doch diese Freundin, die ihr das Alibi gegeben hat?“, unterbrach Frau Maier sie.

„Ja, von der hat der Konny mir auch erzählt. Eine arme Sau ist die. Alkoholikerin, total einsam. Die würde sich auch mit Graf Dracula anfreunden.“

Gar kein schlechter Vergleich, überlegte Frau

Maier und dachte an den rot verschmierten Mund. *Ein Alibi kann jeder haben, der ein bisschen nachdenkt. Und der die richtigen Leute kennt.* Das waren die Worte von Sylvia Freiberger gewesen. Hatte sie ihrer Freundin Geld für das Alibi gegeben? Oder einfach nur mit dem Ende der Freundschaft gedroht?

„Für die Freiberger wäre es das Ende ihres Lebenstraumes gewesen, wenn das mit der Hochzeit nicht geklappt hätte", sagte die Vroni mit Nachdruck.

„Wieso, was war denn ihr Lebenstraum?"

„Kohle!" Die Vroni lachte verächtlich. „So einfach ist das. Sie wollte immer schon Kohle haben. Schicke Boutiquen, schicke Restaurants, schicke Reisen. Dafür lebte sie. Und deshalb hat sie den Konny auch so fertiggemacht. Er konnte ihr all das nicht bieten. Und er hat sich ja mit der Wohnung, die sie bewohnt haben, finanziell schon total übernommen. Aber drunter hat sie es nicht gemacht."

„Und der reiche Mann aus Salzburg hätte ihr alles bieten können", überlegte Frau Maier laut. „Aber er musste so schnell wie möglich festgenagelt werden."

„Genau." Die Vroni nickte. „Ich glaube, bei ihr sind echt die Sicherungen durchgebrannt, als der Konny sich quergestellt hat, und als sie befürchten musste, dass die Hochzeit platzt. Zumal sie es ihm sicher nicht zugetraut hat, dass er sich überhaupt wehren kann." Beim letzten Satz klang Vronis Stimme sehr zufrieden und gleichzeitig sehr traurig.

Frau Maier legte ihr die Hand auf den Arm. „Vielleicht sollten *Sie* mal darüber nachdenken!", sagte sie sanft.

„Nachdenken? Worüber denn?"

„Na, zur Polizei zu gehen. Vielleicht als verdeckte Ermittlerin. Schließlich haben Sie das Motiv gerade lückenlos erklärt."

Die Vroni lachte. „Sie haben echt ein Talent mich aufzuheitern, Frau Maier." Nach einer kurzen Pause sagte sie leise: „Und apropos aufheitern. Es ist etwas Trauriges passiert." Die Vroni schluckte. „Der Herr Gassner, der Schuldirektor, von dem ich Ihnen erst neulich erzählt habe. Er ist tot. Einfach so. Die Treppe runtergefallen."

Beide schwiegen und schauten auf den dunklen See. Sie froren. Frau Maier wusste nicht, was sie sagen sollte. *Ich weiß. Ich war dort.* Nein, das klang wirklich zu eigenartig. Die Vroni würde sie für verrückt halten. Oder für eine verdeckte Ermittlerin. *Ich muss mit dem Schnüffeln aufhören*, dachte sie. *Endgültig.*

Ein junger Polizist in Uniform kam auf sie zu. Er hatte angekündigt, sie mit aufs Festland zu nehmen und nach Hause zu bringen, wenn sie das wünschten. Die Vroni hatte sich entschieden, bei Anja und Flori auf der Insel zu bleiben. Aber Frau Maier wollte nur noch nach Hause. Nach Kauzing. Zur Katze.

„Man hätte auf jeden Fall früher darauf kommen können", seufzte sie und stand auf. „Es war eigentlich wirklich offensichtlich." Aber die Angst hat mich gelähmt, dachte sie. Gelähmt und geblendet. Ich konnte nicht klar sehen und nicht klar denken. Es war die Angst vor der Stimme, die meinen Namen flüstert. Und die Angst vor den Gespenstern in meinem Leben.

„Frau Maier!" Die Vroni klang streng. „Das ist nicht *Ihre* Verantwortung. Wenn Sie nicht damit aufhören, glaube ich Ihnen niemals, dass Sie keine verdeckte Ermittlerin sind."

Der Polizist stand jetzt vor Ihnen und gab Frau Maier Bescheid, dass sie aufbrechen konnten. Sie zögerte kurz und sagte dann: „Danke, dass ihr nach mir geschaut habt. Ihr habt uns gerettet, den Fred und mich."

„Na ja, als Sie nicht bei uns aufgetaucht sind und auch nicht im Gästezimmer waren, da haben wir halt gedacht, Sie sind vielleicht beim

Spaziergang ausgerutscht. Haben sich den Knöchel verstaucht oder so. Wir haben nicht mit so etwas …" Die Vroni suchte nach einem passenden Wort „… mit so etwas Dramatischem gerechnet." Sie lächelte.

Frau Maier nickte und wandte sich zum Gehen.

„Halt!" Die Vroni sprang auf. „So leicht kommen Sie mir nicht davon." Und sie zog Frau Maier an sich und drückte sie ganz fest.

Später, auf dem Boot und im Fahrtwind, der ihren nassen Körper auf eisige Temperaturen herunterkühlte, konnte Frau Maier die Wärme der Umarmung immer noch spüren. Sie wischte sich über die Augen. Der junge Polizist sah sie besorgt an. „Der Fahrtwind!", sagte Frau Maier schnell und schaute konzentriert in die andere Richtung.

Dreizehntes Kapitel
Montag

I

Die Regentropfen bildeten kleine Rinnsale und liefen langsam Frau Maiers Nacken herab. Dann über den Rücken, wo sich schon ein großer nasser Fleck gebildet hatte. Regnete es denn immer noch? Oder schon wieder?

Frau Maier stöhnte und drehte sich auf die andere Seite. Sie blinzelte und sah, dass es heller Tag war. Und dass es nicht mehr regnete.

Sie lag im Bett in ihrem Haus und das Wasser auf ihrem Rücken war kein Regen, sondern Schweiß. „Na bravo", murmelte sie. Sie hatte zwar nicht vorhergesehen, dass Sylvia Freiberger ihren Mann ermordet hatte. Aber die Vorhersage, dass sie heute die Grippe haben würde, die hatte gestimmt.

Zitternd zog sie die Decke enger um sich. Schlagartig war ihr eisig kalt, sie klapperte mit den Zähnen. *Ein heißer Tee wäre gut*, dachte sie, und war im nächsten Moment schon wieder in einen unruhigen Dämmerschlaf gesunken.

II

Frau Maier.

Frau Maier!

Nein, nicht schon wieder. Bitte nicht schon wieder.

Frau Maier!

Wie eine lästige Schnake versuchte Frau Maier, das Flüstern mit einer unwirschen Handbewegung zu vertreiben. Es nutzte nichts.

Frau Maier!

Langsam öffnete sie die Augen. Sie fühlte sich, als hätte jemand fein säuberlich mit einem kleinen Hammer jeden einzelnen Knochen in ihrem Körper zertrümmert.

Sie setzte sich ächzend im Bett auf. Und dann sah sie, wer sie gerufen hatte. Hinten, im Schaukelstuhl saß die Maria. Frau Maier war viel zu müde, um sich darüber zu wundern. Und Angst hatte sie vor der Maria sowieso nicht mehr.

„Seit wann sind wir denn per Sie? Warum nennst du mich Frau Maier?", fragte sie.

Die Maria lächelte. Sie sah viel besser aus als die letzten Male. Gesünder, frischer. Und glücklicher. „Wieso sollte ich dich denn Frau Maier nennen? Ich habe gar nichts gesagt. Ich habe nur hier gewartet, bis du aufwachst."

„Und warum?"

„Ich wollte nochmal vorbeischauen. Und dir sagen …" Sie zögerte kurz. Dann fuhr sie fort: „Danke, dass du zu meiner Beerdigung gekommen bist. Das war für den Karli wichtig."

Frau Maier sagte nichts. Nach einigen Sekunden der Stille fügte die Maria hinzu: „Und ich habe mich auch gefreut."

Frau Maier schloss die Augen. Warum brannten schon wieder Tränen darin? Was sollte sie jetzt sagen?

Als sie die Augen öffnete, war die Maria verschwunden. Langsam sank Frau Maier zurück ins Bett. Das Laken war schon nass geschwitzt, jetzt wurde auch das Kissen nass.

„Und wer bezieht mir jetzt mein Bett neu?", flüsterte sie.

IV

Es klingelte.

Es klingelte sogar sehr beharrlich.

Frau Maier grunzte. Warum konnten sie nicht einfach alle in Ruhe lassen?

Auf einmal dämmerte ihr etwas. Der junge Polizist. Er hatte sie gestern Nacht nach Hause gebracht. Und er hatte sich aus irgendeinem Grund um sie gesorgt.

„Soll ich jemanden verständigen, der nach Ihnen sieht?“, hatte er gefragt. Mehrmals.

Beim dritten Mal hatte sie nachgegeben und ihm wortlos Franks Visitenkarte in die Hand gedrückt. Die trug sie immer bei sich.

III

Langsam schlurfte sie zur Treppe und ging dann ganz vorsichtig, Stufe für Stufe, herunter. „Ich komme schon!“, rief sie in Richtung Tür und registrierte, dass ihre Stimme nur noch ein ziemlich heiseres Krächzen war. Endlich war sie unten angekommen. Sie musste kurz verschnaufen, bevor sie die Tür öffnete.

Sie erstarrte. Vor der Tür stand nicht Dr. Frank Schön, sondern Kommissar Ralf Förster.

Sie zog den alten, grünen Bademantel enger um sich. Ich brauche endlich mal einen Bademantel, der mir passt, dachte sie. Der Kommissar sah genauso verlegen aus, wie sie sich fühlte. „Frau Maier, bitte entschuldigen Sie die Störung. Es ist nur … Sie haben ja kein Telefon, und ich muss Sie dringend sprechen.“

„Ist was mit der Vroni?“, fragte Frau Maier, und wunderte sich im nächsten Moment selbst, was eigentlich sein sollte. Ich habe wirklich Fieber, dachte sie.

„Nein, nein!“ Der Kommissar sah etwas verwirrt aus. „Ich brauche lediglich Ihre Aussage über den gestrigen Abend. Ich habe mit allen anderen Beteiligten bereits gesprochen.“

Frau Maier nickte. „Kommen Sie herein.“

Wenig später saßen sie am Küchentisch. Der Kommissar trank einen Kaffee, aber Frau Maier hatte sich lieber einen Pfefferminztee gemacht. Das kam nur in absoluten Ausnahmefällen vor. Sie war wirklich krank.

Der Kommissar sah das wohl genauso, denn er musterte sie einen Augenblick und fragte dann: „Soll ich Ihnen vielleicht einen Arzt vorbeischicken?“

„Ach wo, die kleine Erkältung, die vergeht schon wieder.“ Frau Maier bemühte sich um eine feste Stimme. „Außerdem kommt heute noch ein Bekannter vorbei. Er kann mir sicher ein paar Medikamente besorgen.“ Das war immerhin nur ein bisschen geschwindelt, denn mittlerweile hoffte Frau Maier inständig, dass der junge Polizist Frank tatsächlich verständigt hatte. Und dass der möglichst bald auftauchen würde. Sie fühlte sich elend. *Zusammenreißen*, befahl sie sich. Das kannst du doch.

Sie schilderte dem Kommissar ganz genau die Geschehnisse auf der Insel, und gab nach kurzem Zögern auch die Informationen preis, die sie von der Vroni zur geplanten Hochzeit von Sylvia Freiberger bekommen hatte. Sie hätte das Thema Scheidung lieber gemieden, weil sie sich immer noch nicht traute, zu beichten, dass sie im Kutscherhäusl schon vor Tagen den Brief vom Anwalt entdeckt hatte. Sie beschloss, nur zu erzählen, was sie von der Vroni wusste, und den Einbruch ins Kutscherhäusl weiterhin zu verschweigen.

Der Kommissar hörte sich alles an und antwortete dann: „Ja, das wissen wir inzwischen auch alles. Wir haben uns bereits an den Anwalt von Herrn Freiberger gewendet, und der hat uns die gesamte Korrespondenz zu diesem Thema zukommen lassen."

Frau Maier atmete auf. Damit war eine Beichte bezüglich des Briefes überflüssig. Zum Glück wunderte der Kommissar sich nicht über ihre offensichtliche Erleichterung, denn er war damit beschäftigt, ziemlich betrübt in seine Kaffeetasse zu starren.

„Wir, also ich ...", fing er an und räusperte

sich dann kurz. „Also, ich habe mich in dem Fall ja nicht gerade mit Ruhm bekleckert."

Frau Maier schaute ihn fragend an.

„Ich erinnere mich an unser Gespräch, in dem Sie gesagt haben, dass Frau Freiberger Ihnen verdächtig erscheint, aber ..."

„Sie hatte doch ein Alibi", warf Frau Maier sofort ein.

„Na ja. Aber offensichtlich sind die Ermittlungen dazu auch nicht optimal gelaufen. Der Stegwart hat jetzt ausgesagt, dass er sie am Morgen des Mordes auf der Insel gesehen hat. Offensichtlich hat ihn niemand so richtig befragt. Das hätte nicht passieren dürfen." Er seufzte.

Ich hätte nie gedacht, dass hier mal ein Kommissar in meiner Küche sitzt und mir leidtut, dachte Frau Maier. Aber das Leben ist eben komisch.

„Aber Sie sind doch da nicht alleine zuständig, ich meine ..."

„Es ist nett, dass Sie mich aufmuntern wollen, Frau Maier. Aber mein Chef hat jetzt auch noch erfahren, dass die Frau Freiberger gestern im Kutscherhäusl Beweismaterial vernichtet hat. Beweismaterial, das wir wohl übersehen haben. Es sieht nicht gut aus für mich."

Frau Maier schluckte und sie vergaß vor lauter Schuldgefühlen völlig, wie weh ihr dabei der Hals tat. Sie hätte ihn sofort anrufen sollen. Ihm sagen, dass sie dieses Schreiben zwischen den alten Zeitungen gefunden hatte. Wahrscheinlich hätte er über den Einbruch ins Kutscherhäusl hinweggesehen, weil sie ihm ja immerhin neues Beweismaterial präsentiert hätte. So weit hatte sie gar nicht gedacht. Im Prinzip war es ihre Schuld, dass der nette Kommissar jetzt Ärger hatte …

Sie trank einen Schluck Tee und räusperte sich. Doch noch bevor sie etwas sagen konnte, fuhr Kommissar Förster fort: „Es war mein erster eigener, richtig großer Fall, wissen Sie. Also Mord, meine ich. Und mein Chef meint jetzt, dass ich wohl doch noch nicht so weit bin …“

„Sie sollten das Fahrrad von der Frau Mittermaier untersuchen lassen. Veronika Mittermaier“, unterbrach ihn Frau Maier.

„Die junge Schlossführerin? Ja, aber wozu denn?“ Er schaute sie überrascht an.

„Das, was ihr da passiert ist, mit den kaputten Bremsen. Das war kein Unfall. Ihr Fahrrad wurde manipuliert. Ich weiß, dass sie seit dem Unfall nicht mehr damit gefahren ist und sie hat es auch noch nicht reparieren lassen. Man kann das bestimmt noch nachweisen. Kriminaltechnisch", fügte sie noch schnell hinzu. Das klang irgendwie fundierter.

„Ja, und?" Der Kommissar wirkte müde.

„Es ändert natürlich nichts mehr am Fall, der ist ja aufgeklärt. Aber vielleicht können Sie Ihren Chef ein wenig beeindrucken, wenn Sie den richtigen Riecher hatten. Wenn Sie vermutet haben, was niemand sonst vermutet hat."

„Außer Ihnen, natürlich." Er sah sie einen Moment lang nachdenklich an und zuckte dann mit den Schultern. „Wenn es stimmt, dann ist es immerhin etwas. Ein kleines Zuckerl vielleicht", überlegte er laut. „Aber wenn es nicht stimmt, dann bin ich endgültig geliefert. So eine Untersuchung kann man ja nicht heimlich durchführen. Das Fahrrad muss zur KTU, alle kriegen das mit."

„Es wird stimmen. Ganz sicher", sagte Frau Maier mit fester Stimme. *Hoffentlich,* fügte sie in Gedanken hinzu, aber ihr Gesichtsausdruck verriet davon nichts.

Sie schenkte dem Kommissar Kaffee nach, und er trank einen Schluck. „Ich wollte Ihnen noch etwas sagen, Frau Maier. Es geht um den Herrn Schachner. Und um Sie."

„Um mich?" Frau Maier fühlte sich sofort unbehaglich. Sie war es nicht gewohnt, dass es um sie ging. Und es gefiel ihr auch nicht besonders.

„Oliver Schachners Anwalt hat ihm offenbar geraten, alles zu gestehen und sich kooperativ zu zeigen. Und jetzt erzählt er uns so viele Details und Geschichten, dass es fast schon anstrengend ist." Der Kommissar rollte die Augen. „Und eine davon betrifft Sie. Offenbar hatte er Angst, dass Sie ihm auf die Schliche kommen könnten, weil Ihnen gleich an einem ihrer ersten Arbeitstage beim Putzen eine Unregelmäßigkeit aufgefallen ist."

Frau Maier nickte.

„Und irgendwie müssen Sie in einem Gespräch mit ihm dann angedeutet haben, dass Sie eine lebhafte Phantasie haben. Deshalb ist er Ihnen im Königsmantel hinterhergeschlichen."

„Was hat denn meine lebhafte Phantasie mit dem Mantel zu tun?"

„Er hat gehofft, dass Sie den Kollegen erzählen, dass Sie immer wieder die Gestalt im Mantel sehen. Und da alle wussten, dass der Konny nicht mehr durchs Schloss geistern konnte, weil er schließlich tot war, hätte man Sie für ein wenig senil ..." Er unterbrach sich und wurde rot. „Also für etwas verwirrt, hätte man Sie halten sollen. Wenig glaubwürdig." Er verstummte.

„Und wenn ich dann behauptet hätte, dass mit manchen Gegenständen im Schloss etwas nicht stimmt, dann hätte man mich nicht ernst genommen", fügte Frau Maier hinzu.

Der Kommissar nickte. „So ungefähr. *Das* ist wirr, wenn Sie mich fragen! Ein wirklich wirrer Plan. Er hat übrigens auch zugegeben, dass er ihnen nachts auf der Insel gefolgt ist. Bis in den Garten im Innenhof."

Frau Maier dachte an jene Nacht zurück. An die Gestalt im Rosengarten. Und an die unheimliche Präsenz, die sie im Kloster gespürt hatte. An die Hand, die sie berührt hatte. Wer war das gewesen?

Der Schachner war draußen im Klostergarten geblieben, die schwere Tür war hinter ihr zugefallen. Aber drinnen, im dunklen Korridor …

Sylvia Freiberger?

Sie schluckte. Die Maria?

Oder … niemand?

Sie schüttelte sich und hielt ihre Teetasse fester.

Kommissar Förster lächelte ihr aufmunternd zu. „Das ist jetzt alles vorbei. Und niemand hat geglaubt, dass Sie verwirrt sind."

Frau Maier schüttelte nachdenklich den Kopf. „Offenbar ist das das Schicksal von Menschen über 60. Sofort denkt jeder, dass es ganz logisch sein müsste, dass sie nicht mehr ganz richtig im Kopf sind. Und dass es ein toller Plan wäre, sie noch ein wenig weiter in den Wahnsinn zu treiben. Oder allen vorzumachen, dass sie nicht mehr alle Tassen im Schrank haben …" Kommissar Förster sah sie fragend an und sie fügte hinzu: „Das ist mir schon einmal passiert, wissen Sie."

Der Kommissar zog die Augenbrauen fragend hoch, aber als Frau Maier nichts mehr sagte, stand er auf. „Jedenfalls wollte ich, dass Sie das wissen. Nicht, dass Sie wirklich noch denken, Sie sehen Gespenster. Das tun Sie keineswegs, Frau Maier. Nicht *Sie* spinnen. *Er* spinnt."

Sie lächelte ihn an, aber nur halbherzig. Sie dachte an die Maria in ihrem Schlafzimmer. Und an die Stimme, die sie mehrmals gehört hatte – auch, wenn gerade keine Gestalt im Königsmantel zu sehen gewesen war.

Zum Beispiel in der Kauzinger Kirche, während des Gewitters. War dieses Flüstern, das sie gehört hatte, vielleicht eine Art Vorahnung gewesen? Oder eine Warnung? Von der Madonna vielleicht, die sie die ganze Zeit nur so stumm und vorwurfsvoll angeschaut hatte?

Ganz sicher war Frau Maier nicht, ob sich nicht doch ein paar Gespenster in ihr Leben geschlichen hatten. Aber das brauchte außer ihr ja niemand zu wissen.

V

Als sie aufstand, um den Kommissar zur Tür zu bringen, musste sie sich kurz an der Tischkante festhalten. Ihre Beine zitterten und ein Rinnsal aus Schweiß lief wieder langsam ihren Rücken herunter.

Kommissar Förster sah sie besorgt an, aber sie schaffte es, sich noch einmal zusammenzureißen und ihn anzulächeln.

Als der Kommissar schon fast draußen war, fasste sie sich ein Herz.

„Eine Frage hätte ich noch, Herr Kommissar. Hat die Frau Freiberger denn schon gesagt, wie sie das mit dem Alibi hinbekommen hat?"

„Jaja, das ist alles in trockenen Tüchern. Sie hat ein umfassendes Geständnis abgelegt. Ich glaube, ihr Anwalt hat ihr dazu geraten. Genau wie der vom Schachner."

Offensichtlich hatte er gar nicht bemerkt, dass Frau Maier aus Neugier gefragt hatte. Er schien zu denken, dass sie immer noch wissen wollte, wie es um seinen Erfolg bei den Ermittlungen bestellt war. Sie wurde ein wenig rot, als sie fragte: „Ich vermute mal, Sie dürfen mir nichts Näheres darüber erzählen?"

Der Kommissar sah erstaunt aus, dann musste

er schmunzeln. „Sie hätten vielleicht Polizistin werden sollen, Frau Maier."

„Jaja, ich weiß. Polizistin oder Psychologin. Das höre ich öfter." Sie lächelte ihn an.

Er zögerte. „Im Moment sollte ich dazu noch nichts sagen", sagte er dann. „Während des Prozesses wird es sowieso in den Medien breitgetreten werden."

Während des Prozesses. In einigen Monaten. Da würde sie sich also noch gedulden müssen. Sie seufzte. „Ja, das stimmt. Dann warte ich halt noch." Der Kommissar nickte.

„Ach, Herr Förster?"

„Ja?"

„Ein guter Bekannter von mir ist vor einigen Tagen sehr unerwartet verstorben. Herr Gassner, er hat drüben in der Seniorenresidenz gewohnt."

„Das war ein Bekannter von Ihnen?"

„Ja." Frau Maier hoffte, dass das Glühen in ihrem Gesicht vom Fieber kam und überspielte ihre Verlegenheit mit einem kurzen Hustenanfall. Dank ihrer Erkältung wirkte er täuschend echt. „Mir wurde von seiner Familie erzählt, dass Sie die Ermittlungen übernommen haben."

„Nein, nicht mehr. Die Ermittlungen wurden eingestellt. Es gibt keine Anzeichen für eine Fremdeinwirkung. Das war tatsächlich ein Unfall. Tragisch. Aber das wissen Sie ja bestimmt schon. So als gute Bekannte der Familie, meine ich.“ Der Kommissar sah sie noch einmal kurz und scharf an, dann wandte er sich zum Gehen.

VI

Sie hatte gerade die Haustür geschlossen und sich auf die Treppenstufen sinken lassen, da klopfte es schon wieder. Sie schloss die Augen. Sie wollte einfach nur ausruhen.

„Frau Maier?“ Die Stimme des Kommissars.

Sie rappelte sich noch einmal hoch und machte auf. Er sah verlegen aus. „Ich mag Sie Frau Maier. Und ich weiß, dass Sie mir helfen wollen, mit dem Fahrrad und so. Und wenn Sie so gerne wissen wollen, wie das mit dem Alibi war …“ Er zögerte kurz und sagte dann: „Die Freundin, die ihr das Alibi gegeben hat, war schwere Alkoholikerin, aber seit einiger Zeit trocken. An jenem Abend hat Frau Freiberger ihr KO-Tropfen in den Saft gemischt. Am nächsten Tag konnte besagte Freundin sich an nichts erinnern. Frau Freiberger hat ihr eingeredet, dass sie betrunken gewesen ist. Die arme Frau hat Panik bekommen. Um ihren Ruf, ihren Job. Den hatte sie gerade erst neu angefangen, sie war vorher lange arbeitslos. Niemand durfte erfahren, dass sie wieder getrunken hatte. Und so hat sie angegeben, dass Frau Freiberger die ganze Nacht da war, und dass sie es natürlich bemerkt hätte, wenn sie das Haus verlassen hätte. Sie hat ausgesagt, dass sie einen sehr leichten Schlaf hat. Niemals hätte sie zugegeben, dass sie völlig weggetreten war, und dass sie vermutlich nicht einmal bemerkt hätte, wenn neben ihr eine Bombe explodiert wäre."

Nach diesem Redeschwall drehte sich der Kommissar um, durchquerte den Garten und war im nächsten Augenblick im kleinen Wäldchen, das zum Parkplatz führte, verschwunden.

Frau Maier lauschte in die Stille ihres Gartens hinaus. Einsamkeit kann unabhängig machen, dachte sie. Oder aber genau das Gegenteil. Die Freundin von Sylvia Freiberger hätte vermutlich alles getan, um nicht ganz alleine zu sein. *Die hätte sich auch mit Graf Dracula angefreundet.* Das waren Vronis Worte gewesen. Und die von Sylvia Freiberger? *Jeder kann ein Alibi haben. Jeder, der ein bisschen nachdenkt. Und der die richtigen Leute kennt.* Sie hatte die Schwäche ihrer armen Freundin jedenfalls perfekt ausgenutzt.

Frau Maier seufzte. Es wurde langsam dunkel. Plötzlich war ihr danach, sich aufs Sofa zu legen und Elvis zu hören. *Heartbreak Hotel. I walk a lonely street.* Ich gehe eine einsame Straße entlang. Das war der Text der Abschiedsnotiz gewesen, auf der das Lied angeblich basierte. Der ganze Text. Danach hatte sich der Verfasser dieser Zeile aus dem Fenster seines Hotelzimmers gestürzt.

Aus der Hecke kam die Katze geschossen, galoppierte im Affenzahn durch den Garten und direkt ins Haus. Frau Maier machte die Tür hinter ihr zu und schlurfte ins Wohnzimmer, wo sie sich aufs Sofa fallen ließ. Erst, als sie schon saß, fiel ihr auf, dass sie vergessen hatte, die Platte aufzulegen. Ihre Augenlider waren schwer. Nur kurz ausruhen, dachte sie.

Schon im Halbschlaf ging ihr das Gespräch mit Kommissar Förster durch den Kopf. Sie konnte nur hoffen, dass sein Chef nicht auch noch erfahren würde, dass er nicht gerade die Diskretion in Person war.

Frau Maier schlief ein. Die Katze sprang aufs Sofa und rollte sich auf ihren Füßen zusammen.

VII

Toktoktoktoktok.

Der Schwanz der Katze bewegte sich.

Toktoktoktok.

Die Katze spitzte die Ohren.

Tok! Tok!

Sie hob den Kopf und blinzelte missmutig. Draußen war es bereits dunkel. Frau Maier bewegte sich nicht.

Tok. Tok. Tok.

„Frau Maier!"

Die Katze kannte diese Stimme. Langsam tapste sie auf der liegenden Frau Maier entlang, bis sie mit ihrer Nase ihr Gesicht berühren konnte. Das Gesicht fühlte sich unter der kühlen Katzennase ungewohnt heiß an.

Ein sanfter Nasenstupser – und Frau Maier fuhr hoch.

„Was ist? Wo?" Sie stöhnte. Ihr Mund war trocken. Sie hatte so tief geschlafen, dass sie nicht sagen konnte, ob eine halbe Stunde vergangen war oder ein ganzer Tag.

Langsam drang das klopfende Geräusch in ihr Bewusstsein. Und Franks Stimme. Sie klang dringlich.

„Frau Maier, alles in Ordnung? Bitte machen Sie auf! Ich weiß, dass Sie da sind." Er zögerte und fügte hinzu: „Jemand von der Polizei hat mich verständigt.

Frank klopfte wieder. „Ich saß neulich schon

eine halbe Ewigkeit auf dem Klappstuhl auf Ihrer Veranda und habe auf Sie gewartet. Ich will das heute nicht schon wieder machen!", rief er. „Ich wollte Ihnen von meinen Fortschritten in Sachen Frauen berichten. Das sollten Sie sich nicht entgehen lassen." Er wollte flapsig klingen, aber seine Besorgnis war nicht zu überhören.

Langsam und vorsichtig stellte Frau Maier ihre Beine auf den Boden, eines nach dem anderen, und richtete sich auf. Die wenigen Schritte bis zur Tür erschienen ihr wie ein sehr, sehr weiter Weg. Die Katze wich nicht von ihrer Seite, bis sie ihn bewältigt hatte, und mit zitternder Hand den Schlüssel umdrehte.

Frank hielt zwei Tüten hoch. Auf einer stand *St. Georg Apotheke.* Auf der anderen stand nichts, aber aus ihr strömte ein köstlicher Duft.

„Ich habe Lachslasagne gekocht. Nach Ihrem Rezept." Er wirkte nicht nur ein bisschen verlegen, so wie es normal für ihn war, sondern sehr verlegen. Schnell fügte er hinzu: „Heute sehen Sie aber wirklich furchtbar aus, Frau Maier!"

Vierzehntes Kapitel
Eine Woche später

1

Der Inhalt der Tüte mit der Aufschrift *St. Georg Apotheke* war aufgebraucht. Aspirin, Hustensaft, Nasenspray, Erkältungstee, Erkältungsbad, Halsbonbons. Dazu eine riesige Packung Taschentücher. Und endlich fühlte sich Frau Maier wieder richtig gesund. Die letzte Woche war wie im Flug vergangen, obwohl sie hauptsächlich geschlafen hatte. Geschlafen und geschnäuzt.

Einmal hatte Elfriede Gruber ihr eine selbst gemachte Hühnersuppe vorbei gebracht. Und Frank war noch einmal gekommen und hatte Lebensmittel für sie eingekauft. Und Futter für die Katze.

Wie hatte sie solche Krankheiten eigentlich früher überstanden? Bevor sie Menschen wie Elfriede oder Frank gekannt hatte?

Frau Maier überlegte. Vermutlich wäre der Karli der Einzige gewesen, der sich hätte blicken lassen. Wenn er überhaupt mitbekommen hätte, dass sie krank war.

Frau Maier packte die Mülltüte, die bis oben hin mit benutzten Taschentüchern gefüllt war, um sie nach draußen zu bringen.

Sie atmete tief durch. Es fühlte sich gut an, endlich wieder aus dem Haus gehen zu können.

Das Wetter hatte sich nach dem großen Sturm noch einmal erholt. Die Sonne strahlte von einem blauen Himmel, der See glitzerte. Aber es war bereits ein kühler Unterton zu spüren, ein Hauch von Herbst.

Langsam durchquerte Frau Maier den Garten und den kleinen Fußweg vor ihrem Haus. Sie ging die wenigen Schritte die Böschung hinunter ans Ufer. Sie ließ den Blick über das tiefblaue Wasser schweifen und lächelte. Es tat gut, den See wieder zu sehen. „Hallo", sagte sie, als wäre er ein alter Bekannter. Und genau das war er ja auch.

Die Sicht auf die Berge war glasklar, bald würde die Hochsaison für die Wanderer beginnen. Es war Spätsommer. „Altweibersommer, genau mein Wetter", brummte Frau Maier und ging zurück zum Haus.

II

An der Haustür fiel ihr Blick auf den Briefkasten. Normalerweise war er fast immer leer. Sie hatte keine Zeitung abonniert, bekam nie private Post und nur sehr selten Rechnungen. Ihre Kontoauszüge brachte normalerweise Elfriede mit, wenn sie zum Kaffee kam. Und die Austräger von Werbeprospekten machten sich gar nicht erst die Mühe, bis zu ihrem Haus zu radeln.

Aber heute steckte ein Brief im Kasten. Kein Brief vom Karli, den er persönlich vorbeigebracht und eingeworfen hatte, sondern ein richtiger – mit Briefmarke und Poststempel. Frau Maier beäugte ihn für einen kurzen Moment misstrauisch, dann holte sie ihn aus dem Kasten und drehte ihn um.

Veronika Mittermaier lautete der Absender. Frau Maiers Herz klopfte schneller. Und dieses Mal endlich nicht mehr vor Angst, sondern vor Freude. Sie setzte sich auf die kleine Veranda und riss das Kuvert auf. Die Katze sprang mit einem großen Satz auf ihren Schoß. Frau Maier faltete sorgsam das Blatt Papier, das sie aus dem Umschlag gezogen hatte, auf.

Liebe Frau Maier,

stand da in einer sehr ordentlicher runder Schreibschrift

ich hoffe, Sie finden es nicht komisch, dass ich Ihnen einfach so schreibe. Ich war im Personalbüro und die Brigitte, die dort arbeitet, hat mir gesagt, dass Sie kein Telefon haben. Eigentlich hätte Sie mir Ihre Adresse gar nicht geben dürfen, aber sie hat es trotzdem gemacht, weil wir uns ganz gut kennen. Das muss unter uns bleiben, okay? Aber ich weiß ja, dass in diesen Dingen auf Sie Verlass ist.

An dieser Stelle hatte die Vroni ein kleines Grinsegesicht aufs Papier gemalt.

Jedenfalls tut es mir sehr leid, dass Sie krank geworden sind. Und es tut mir auch sehr leid, dass Sie den Job im Schloss schon wieder aufgeben wollen. Obwohl ich es verstehen kann. Nach dem ganzen Stress! Es ist auch ziemlich chaotisch hier momentan, obwohl der Herr Kluger seine Sache wirklich gut macht. Aber es stapfen nach wie vor jeden Tag irgendwelche Fernsehteams und Fotografen über die Insel. Sehr lästig.

Aber warum ich eigentlich schreibe: Sie haben mal erwähnt, dass Sie öfters Lachslasagne kochen. Ich liebe Lachslasagne! Und da dachte ich, vielleicht wäre es möglich, dass ich mal zu Ihnen zum Essen komme? Ich schicke Ihnen anbei meine Adresse und meine Telefonnummer. Ich würde mich sehr freuen, von Ihnen zu hören.

Viele liebe Grüße,
Vroni

P.S. Ich hoffe, Sie finden es nicht schlimm, dass ich mich einfach so einlade.
P.P.S. Haben Sie wirklich kein Telefon? Auch kein Handy??
P.P.P.S. Der Fredl hat mich nach Ihrer Adresse gefragt. Soll ich sie ihm geben?

Frau Maier legte den Brief zur Seite. Sie spürte wieder dieses warme Gefühl ums Herz, und außerdem, dass ihre Augen verdächtig brannten. Sie schaute verstohlen zur Katze hinüber, denn sie mochte es nicht, wenn jemand sie weinen sah. Die Katze aber war in solchen Situationen zum Glück äußerst diskret. Sie putzte höchst konzentriert ihre weiße Vorderpfote und tat so, als hätte sie nichts bemerkt.

III

Im Wohnzimmer sortierte sie ihre Schallplatten neu. *Heartbreak Hotel* kam ganz nach unten. Frau Maier legte *Jailhouse Rock* zuoberst auf den Stapel, direkt neben den alten Plattenspieler, und lächelte.

IV

Sie hatte den kleinen Tisch von der Veranda in den Garten getragen, sodass sie die Nachmittagssonne ausgiebig genießen konnte. Sie ließ jeden einzelnen Knochen ihres Körpers wärmen und seufzte wohlig.

Langsam und genüsslich verspeiste sie die geräucherte Renke. Sie ließ sich jeden Bissen auf der Zunge zergehen. Hin und wieder ließ sie einen kleinen Happen auf den Boden fallen, wo die Katze wartete und sich eifrig die Lippen leckte. Eigentlich bekam sie nichts vom Tisch, aber wenn versehentlich etwas herunter fiel …

Die Renke hatte in der üblichen weißen Plastiktüte an der Türklinke gehangen. Frau Maier hatte keine Ahnung, wann er den Fisch gebracht hatte, sie hatte nichts gehört. Wahrscheinlich war er da gewesen, während sie lange und ausgiebig geduscht hatte. Den ganzen Schweiß, die ganzen Überreste der Grippe hatte sie weggespült.

Sie war froh, dass sie nichts gehört hatte. Sie hatte ihn seit der Beerdigung nicht mehr gesehen, und sie wusste noch nicht, wie sie ihm begegnen sollte. Es war das erste Mal in ihrem Leben, dass sie sich treffen würden, ohne dass die Maria zwischen ihnen stand. Sie hatte keine Ahnung, wie es weitergehen würde mit ihr und dem Karli, aber sie wollte sich in diesem Moment keine Gedanken darüber machen.

Der Fisch war zart und schmeckte köstlich. Sie schloss die Augen. Die Sonne brannte auf ihrem Gesicht, aber gleichzeitig strich ein sanfter Windhauch darüber und kühlte es. Der Wind ließ die Blätter in den Bäumen rascheln. Von weit her drang Kinderlachen an ihre Ohren – es wurde über den See bis zu ihr in den kleinen Garten getragen. Das Lachen von Kindern, die im Wasser spielten. So wie sie früher.

Als sie den Fisch vom Karli aufgegessen hatte, blieb sie noch lange in der Sonne sitzen.

V

Gegen Abend packte sie ihr großes Handtuch und ging zum See. Die Steine waren warm, die Wasseroberfläche ganz ruhig. Sie zog sich aus und ging hinein.

Das Wasser umfing sie wie ein kühler Mantel. Ein Samtmantel. Ein blauer Königsmantel. Frau Maier schloss die Augen. Nein, kein Samtmantel, verbesserte sie sich. Der Königsmantel war Vergangenheit. Es waren glatte, kalte Seidentücher, die ihren Körper einhüllten, und ihr bei jedem Schwimmzug durch die Finger glitten. Wieder verspürte sie die Sehnsucht, unterzutauchen. Tief hinunter. Dorthin, wo das Wasser noch kälter und erfrischender war als an der Oberfläche. Und wie immer fühlte sie die vertraute Angst aufsteigen, die sie daran hinderte. Seit damals.

Sie erinnerte sich an den großen, kräftigen Jungen aus der Parallelklasse, der sie untergetaucht hatte. Sie war zwölf Jahre alt. Und er hatte Arme aus Stahl, die sie gefangen hielten. Je mehr sie sich wehrte, desto fester wurde sie gehalten. Bis keine Luft mehr in ihren Lungen war. Bis sie glaubte, zu sterben. Als sie auftauchte, hustend und röchelnd, Wasser spuckend und nach Luft schnappend, hatte er schallend gelacht. Und die anderen Mädchen aus ihrer Klasse hatten kichernd zugesehen.

Sie schwamm in ruhigen, gleichmäßigen Zügen. Das Wasser war ganz klar. Sie konnte die Steine auf dem Grund sehen.

Sie hörte Franks Stimme. *Manche Ängste haben in unserem Leben irgendwann ausgedient.* Und die Gespenster, die haben auch irgendwann ausgedient, dachte sie.

Frau Maier holte tief Luft und tauchte.

Frau Maiers Lachslasagne mit Erbsen & Sherry

Für 4 Personen

Oder zwei sehr gute Esser, wie zum Beispiel Frau Maier und Dr. Frank Schön

Zutaten

350 g	Wildlachsfilet (tiefgefroren, ohne Haut)
8	Lasagne-Blätter (ohne Vorkochen)
350 g	Erbsen
3 EL	Butter oder Margarine
2 EL	Mehl
200 ml	Sahne
250 ml	Milch
1 Schuss	Sherry

(etwa 2 cl – nach Belieben auch mehr ☺)

125 g	Bergkäse

Salz, Pfeffer, Zucker,
Muskat, Estragon, Petersilie

Zubereitung

1. Den Lachs antauen und in dünne Scheiben schneiden.

2. Die Erbsen in eine Schüssel geben und mit einer großen Prise Zucker, Salz und ein bis zwei Esslöffeln Petersilie mischen.

3. Für die Béchamelsauce Butter oder Margarine in einem Topf schmelzen, Mehl einrühren und kurz aufschäumen lassen, dann mit Sahne und Milch aufgießen und zum Kochen bringen. Dabei mit einem Schneebesen gut rühren. Fünf Minuten köcheln lassen, dann Sherry und einen halben Teelöffel Estragon sowie Salz, Pfeffer und Muskat einrühren. Weitere fünf Minuten kochen lassen.

4. Die Auflaufform fetten.

5 Eine dünne Schicht Sauce einfüllen und auf dem Boden der Form verteilen, dann Lasagne-Blätter, Erbsen und Lachs darauf schichten. Nochmals wiederholen und am Ende mit einer Schicht Lasagne-Blättern abschließen. Diese oberste Schicht mit einem Rest Sauce bestreichen und dann mit dem Käse bestreuen. Am Schluss mit Butterflöckchen garnieren.

Bei 200 Grad im vorgeheizten Ofen 40 Minuten backen.

Frau Maiers Tipp

Der Bergkäse gibt eine besonders würzige Note. Wer es nicht ganz so deftig mag, kann Emmentaler oder Gouda verwenden.

Guten Appetit!

Die Handlung ist frei erfunden. Jede Ähnlichkeit mit lebenden oder toten Personen ist rein zufällig.

Pendragon Verlag
gegründet 1981
www.pendragon.de

Gedruckt auf holz- und säurefreiem Naturpapier

Originalausgabe
Veröffentlicht im Pendragon Verlag
Günther Butkus, Bielefeld 2015

Lektorat: Eike Birck, Günther Butkus
Herstellung und Umschlag: Uta Zeißler, Bielefeld
Foto: mauritius images / alamy
Satz: Pendragon Verlag auf Macintosh
Gesetzt aus der Adobe Garamond
ISBN 978-3-86532-455-9
Gedruckt in Deutschland